먹고 산다는 것에
대하여

MO RECIPEBON WA IRANAI
JINSEI WO SUKUU SAIKYO NO SHOKUTAKU

Copyright © 2017 Emiko Inagaki
Illustrations by Kyoko Ishikawa

Original Japanese edition published in 2017 by MAGAZINE HOUSE Co., Ltd.
Korean translation rights arranged with MAGAZINE HOUSE Co., Ltd.
through Japan UNI Agency, Inc., Tokyo.

먹고 산다는 것에
대하여

이나가키 에미코 지음
김미형 옮김

엘리

차례

더 많이 벌지 않아도 괜찮아

회사를 그만둔 지 일 년이 넘었다.

회사를 그만둔다는 건 월급을 받지 못하게 된다는 뜻이다.

기사 한 건을 제대로 건지지 못한 달에도, 핏대 세우며 상사와 싸운 달에도, 월급날만 되면 은행 계좌로 꼬박꼬박 돈이 들어오던 그 기적 같은 날들. 그런데…… 그 기적이 끝났다.

그러니 다들 왜 아깝게 그만두냐며 의아해했다.

아깝다니요, 전 돈보다 시간을 택한 겁니다! 그래서 그만둔 거라고요! 그렇게 큰소리를 쳤지만, 사실 제일 불안한 건 나였다. 그런 기적과 거리가 먼 생활을 경험한 적이 없기 때문이다. 아니, 경험은 둘째치고 상상만으로도 몸이 떨리는 일이었다. 결국엔 무작정 그만두었다고 말하는 편이 실제에 가까울 것이다.

그래서…… 결국 어떻게 되었냐고?

이상하게도, 전혀, 아무 문제도 생겨나지 않았다.

나는 지금 어떤 불안도 느끼지 않는다. 불만도 없다. 이보다 더 나은 삶이 있을까 싶을 만큼. 그렇다. 난 자유다. 혼자 사는 단칸방에서 "새처럼, 고양이처럼, 자유롭다!" 하고 허공을 향해 외치고 싶다.

그런데 대체 왜 그럴까?
퇴직금이 두둑해서? 은행 예금이 남아돌아서?

물론 약간의 목돈 덕도 있을 것이다. 이런 날을 위해 꽤 오래 준비를 했다. 마지막 얼마간은 허구한 날 돈 계산만 했었던 것 같다. 정말이지 피땀 흘려 모았으니까.
그러나 아무리 많은들 안심할 수 없는 게 또 돈이다. 서점에 가보면 안다. 돈 얘기뿐인 책들도 얼마나 많은가. 노후엔 1억 엔이 있어도 모자란다느니, 일류 기업에 다니고 있어도 방심했다간 빈곤 노인으로 전락하고 만다느니. 며칠 전엔 '세금 테러'를 조심하라는 대문짝만 한 광고도 봤다. 테러라는 불안한 단어가 호기심을 자극해 들여다보니 5억 엔 상당 자산가들이 테러 대상이라고, 준비를 게을리해선 안 된다고 쓰여 있었다. 아니, 5억 엔이나 있으면서 그까짓 세금이 문젭니까 하는 소리가 목구멍까지 차오르겠지만, 그게 그렇지가 않다고, 큰코다치니까 조심하라고, 이건 명백한 테러라고 아우성들이다. 한마디로 한도 끝도 없다는 거다. 제아무리 돈이 많은들 누구도 불안에서 벗어날 수 없다.

돈만 있으면 두 발 뻗고 속 편하게 잘 수 있을 거라고 생각하지만, 사실은 그렇게 단순하지가 않다. 결국 아무리 많아도 안심할 수 없는 게 돈이다. 그러니 '돈을 모으면 자유로워질 수 있다'는 건 허황된 꿈이다.

그러는 당신은 어떠냐고?

나는 마음이 지극히 평온하다. 지극히 자유롭고.

왜일까 곰곰이 생각하다 예상치 못한 결론에 도달했다.

날 자유롭게 해준 건 돈도 아니고 자산도 아니고 특별한 재능도 아니었다.

바로 '요리'였다.

요리라고 해봐야 뭐 그리 대단하거나 복잡한 게 아니다.

자세한 이야기는 나중에 하겠지만, 내가 말하는 요리는 요리

책을 들여다볼 필요도 없는 지극히 단순한 요리, 다시 말해 밥, 국, 채소절임づけもの 같은 것들이다. 나는 가지고 있던 요리책들을 거의 다 처분했다.

요즘 나의 식생활에 대해 쉽게 정리하면 이런 식이다.

요리 시간 10분.
한 끼당 식재료비 200엔.
특별한 기술이나 재능이 필요하지도 않다.
메뉴가 똑같기 때문에 '오늘 뭐 먹지?' 고민할 필요도 없고,
미리 만들어둘 필요도 없다.

따분하다고? 먹는 재미가 없이 무슨 맛으로 사냐고?

나도 한때는 그렇게 생각했다. 푸짐한 밥상이야말로 내일을 위한 활력소라고 생각하며 전 세계 요리를 만들어 먹었었다. 잡지와 입소문을 동원해 정보를 수집하고 맛집을 순례하는 데 얼마나 많은 돈과 노력을 쏟아부었는지 모른다.

그런데…… 이런 식생활을 시작해보니 예상치 못하게도, 내 입으로 칭찬하기는 뭣하지만, 정말로 맛이 있다! 소박하기 이를 데 없는 이 밥상이 그리워 집으로 뛰어갈 만큼. 진짜다. 농담이 아니다.

돈과 노력을 쏟지 않아도 '먹고 산다는 것'은 가능한 일이었다. 그것도 최고로 맛이 있었다.

그럼…… 하고 의문을 느낀다. 대체 인생이 뭘까?
난 지금까지 무엇 때문에 그렇게 애를 쓴 것일까?

지금까지 '풍요로운 삶'을 위해 필사적으로 살아왔다. 어렸을 때부터 어머니 성화에 열심히 공부했고, 대입이라는 전쟁터에서 싸워 살아남았다. 그래도 시련은 끝나지 않았다. 대학을 졸업하자, 이번엔 월급을 많이 주는 회사에 들어가려고 바동거렸고 그다음엔 힘들게 손에 쥔 그 지위를 놓칠까봐 내키지 않는 일이라도 하며 무조건 참고 견뎠다.

그 모든 게 풍요로운 삶을 위해서라고, 나 자신을 위로하며 이를 악물었다.

그러나 돌이켜보면 그런 것들은 '풍요로운 삶'과는 아무런 상관이 없었는지도 모른다.

사람이 살아가는 데 꼭 필요한 것이 그렇게 많지 않다는 것을, 그것들이 비싼 돈을 들여야만 얻어질 수 있는 게 아니라는 것을 나는 뒤늦게야 깨달았다.

나는 나이 오십이 되어서야 더 많이 '벌어야 한다'는 무간지옥에서 탈출할 수 있었다. 자유를 쟁취한 것이다. 정말이다. 한 끼에 200엔, 넉넉잡고도 한 달에 2만 엔이면 충분히 먹고 살 수가 있다. 한 달에 2만 엔이라니!

……물론 인생이 그리 호락호락한 건 아니다.

사는 데 필요한 돈이 비단 식비뿐인가. 한 달에 2만 엔이라는 건 어느 정도 건강한 독신이었을 때의 얘기다. 부양해야 할 가족이 있을 수도 있고, 가족 중 누군가가 병이 들었을 수도, 갚아야 할 빚이 있을 수도 있다.

그렇다 해도 사람이 먹고 사는 데 필요한 돈이 그다지 많지 않다는 걸 알고 나면, 인생이 다른 빛깔을 띠고 다가오지 않을까? 사실은 돈을 위해 소중한 시간을 낭비할 필요가 없을지도 모른다. 하고 싶은 일을 하고 살면 그만일지도.

내 입에 밥을 넣는 일, 먹고 사는 일. 어쩌면 그건 그리 어려운 일이 아닐지도 모른다. 다들 이 가혹한 세상을 즐겁게 헤쳐 나가는 게 불가능하다고 믿고 있지만, 어쩌면 그것은 모두 착각인지도 모른다.

인생은 두려워할 대상이 아닌 것이다.

1

매일 같은 메뉴인데도
집밥이 그리워 달려간다

이런 세상이 있을 줄이야

침샘을 자극하는
최강 밥상

이리하여 이나가키 에미코, 드디어 회사를 그만두고, 반경 1킬로미터 이내의 세상을 자전거로 어슬렁어슬렁. 어떤 날은 일을 하고 어떤 날은 일을 하지 않기도 하며 잘 먹고 잘 사는 중이다.

따라서 기본적으로 점심이든 저녁이든, 집에 들어가 '집밥'을 먹는다. 이탈리아나 스페인 사람처럼(어디까지나 텔레비전에서 본 이미지일 뿐이지만).

문제는 메뉴.

이탈리아나 스페인 가정과 달리, 눈이 휘둥그레지는 식탁과는 거리가 멀다. 너무나 소박하고 매일 똑같은 밥상이다.

밥, 국, 채소절임의 세계. 유명 요리 연구가, 도이 요시하루 선생님께서 요즘 '국 하나 반찬 하나'를 제안하신 일로 평판이 자자한데, 우리 집이 딱 그거다! 그게 바로 내 밥상이다.

예를 들어 어느 겨울날의 점심 메뉴는 이랬다.

현미밥
매실 장아찌
무즙
당근 쌀겨절임ぬか漬け
고구마, 파, 유부를 넣은 된장국

150엔이나 들었을까?
내 인생에 매일 이런 밥을 먹는 날이 오게 될 줄은 꿈에도 생각지 못했다!

알고는 있다. 매일 똑같은 음식을 먹으면서 대체 어디서 인생의 즐거움을 찾을 수 있겠느냐고 코웃음 칠 분들이 많으리라는 것을.
분명 먹는다는 건 이제 온 국민의 즐거움이 되었다. 편의점에서도 신제품들이 끊임없이 출시되고, 너나없이 맛집을 검색하는가 하면, 인터넷이며 책이며 온갖 레시피로 넘쳐난다.
숨만 쉬어도 맛있는 음식에 관한 정보가 눈에 들어오는 시대에 우리는 살고 있다.

모두가 맛있는 음식을 먹고 싶어서 안달이다. 물론 나 역시 오랫동안 그래왔다.

그런데 그런 맛있는 음식과는 차원이 다른 이 소박하고 단조로운 밥상이, 나는 너무나 그리워 어쩔 줄을 모른다. 정말이다. 누구보다 내가 가장 놀라고 있지만 이건 분명한 사실이다.

가까운 카페에서 오전에 해야 할 일을 마치고 점심을 먹으러 갈 때면 자전거를 얼마나 쌩쌩 몰고 가는지. 도착하자마자 밥을 푸고 국을 뜨고 쌀겨에 절인 채소를 꺼내 썰고, 우적우적, 후루룩후루룩, 엄청난 집중력으로 눈앞의 그릇을 깨끗이 비워낸다. 그리고 오후엔 다른 카페에서 일을 하고 다시 집으로 달려와 우적우적 후루룩후루룩. 다음 날에도, 그다음 날에도…… 메뉴는 거의 바뀌지 않는데 질리지가 않는다. '질린다'는 생각이 머리를 스친 적조차 없다.

그뿐만이 아니다.

어느덧 나는 온갖 솜씨를 부린 훌륭한 요리가 목에 잘 넘어가지 않게 되었다.

분명하게 말할 수 있다. 난 그런 요리가 무섭다. 화려한 레스토랑에서 먹는 초밥과 코스 요리가 무섭다. 맛있고 훌륭하다는 건 알고 있지만, 그걸 알기에 왠지 온 힘을 다해 그 맛을 즐기지 않으면 벌을 받을 것만 같은 기분이 된다.

그래서…… 좀 지쳤다고 할까.

필사적으로 헉헉대며 먹고 있는 나. 다시 한 번 말하지만 맛있는 건 알겠다. 하지만 지금의 내겐 지나치게 맛이 있다. 맛의 과잉이랄까. 싫지는 않지만 딱히 좋아하지도 않는 사람이 끈질기게 따라붙어 떨어지지 않는 느낌……

그러다 보니 내 손으로 진수성찬을 만들어 먹겠다는 생각이 완벽하게 사라지고 말았다. 채소절임으로 충분하다.

나는 매일 기쁜 마음으로 소박한 밥상을 대하고 있다. 오늘도 소박한 밥상에 기쁨을 느끼는 내가, 나도 놀랍다.

대체 어떻게 이런 일이 생기게 된 걸까.

그에 대해서는 뒤에 이야기하겠지만, 지금 분명하게 말할 수 있는 것은 결과적으로 내가 식생활에 들이는 비용이 크게 줄었다는 사실이다.

한 끼 200엔으로 계산해서 한 달에 2만 엔이면 족하다. 그런데 만족도는 200퍼센트라니, 대체 어떻게 된 일일까.

이걸 좀 더 논리적으로 설명하자면 지금의 내겐 돈과 맛있는 밥을 먹을 수 있어서 행복하다는 생각 사이에 아무런 상관관계가 없다는 것이다.

그걸 깨달은 순간, 마음이 평온해졌다.
인생에서 더 이상 무서울 게 없게 됐다.
앞으로 어떤 일을 당하든, 세상이 어떤 혼돈에 빠져들든, 난 아마도 여생을 행복하게 살아갈 수 있을 것이다.

내게는 이제 많은 돈도 넓은 부엌도 화려한 요리 도구도 없다. 특별한 기술이나 재능이 있는 것도 아니다. 하지만 그 무엇 하나 없더라도, 내가 마음속 깊이 맛있다고 여기는 밥을, 그 누구에게도 의지하지 않고 후다닥 만들어 먹으며 살아갈 수 있다.
나는 그런 나 자신을 만들어내는 데 성공한 것이다.

세계 최강의 인물은 바로 이런 인간이 아닐까.

냉장고를 졸업하고
눈이 번쩍 뜨이다

그런데 많은 사람들이 그렇게 생각하지 않는다.

절밥 같은 그런 밥상을 매일? 웃기지도 않아, 그런 소리가 여기저기서 들려올 것만 같다.

맛있는 요리는 인생의 여유이자 활력소라고! 팍팍한 세상 살아가면서 맛있는 밥 없이 어떻게 버틸 수 있겠어! 그런 즐거움도 없이 어떻게 이 험난한 곳에서 살아남겠냐고! 잘 먹고 잘 사는 게 뭐 어때서!

백 번 천 번 옳은 말이다. 그 마음을 내가 모를 리 없다.

나 역시 오랫동안 그래왔으니까.

오래 직장 생활을 하면서 독신으로 지냈으니, 먹는 거 빼면 달리 큰 즐거움이 없었다. 맘대로 쓸 수 있는 돈도 꽤 있는 편이었고. 그래서 맛집을 기웃거리는 데 적지 않은 열정을 바쳤다.

요리책도 산더미처럼 사들이고, 요리 도구들도 끊임없이 모았다. 찬장 안은 전 세계 식료품과 조미료와 향신료로 가득했고, 거대한 냉장고는 언제나 꽉꽉 들어차 있었다. 흥이 나면 만두피와 면까지 뽑는 인간이었다, 나는.

바쁠 텐데 훌륭하네 하고 칭찬해주는 사람도 있었지만, 생각해보면 대견한 일이었다기보다는 일종의 현실 도피였던 것 같다. 부엌은 끊임없이 쏟아지는 회사 업무와도, 귀찮은 상사와도 격리된 세상이었으니까. 그곳에선 확실한 자유를 보장받을 수 있었다. 누가 나에게 뭐라 하겠어. 먹고 싶은 음식을 마음껏 만들어서 실컷 먹어줄 테다! 상사가 뭐라고! 회사가 뭐라고!

자, 내일은 무얼 만들까. 무얼 먹을까. 일본 음식? 향신료가 듬뿍 들어간 동남아 요리? 카레? 이탈리안? 김치 요리? 조림? 튀김? 갈비? 그런 생각들이 머릿속에 가득 차 있었다. 물론 전날과 똑같은 음식을 먹는 일은 있을 수 없었다.

그런데 어찌된 일인지, 그 대척점이라고 할 수 있는 곳에 내가 있다. 물론 물 흐르듯 여기까지 온 건 아니다. 어떤 사건이 내게 일어나지 않았다면, 나는 지금도 맛있는 음식 먹기에 혈안이 된 채 살았을 것이다.

그 사건은 바로 냉장고와의 결별이었다.

행복한 식사

처음엔 원전 사고에 충격을 받아 시작한 절전 생활이 계기였다. 당시엔 온 국민이 절전 생활에 적극적이었고, 나 역시 그중한 사람이었다.

하지만 이 나라가 제아무리 넓다 해도 냉장고까지 내다버린사람은 극소수가 아닐까? 이렇게까지 밀고 나갈 줄은 나 스스로도 알지 못했다.

그런데 어쩌다 보니 그런 설마설마 하는 사태가 벌어졌고, 정해진 수순처럼 살 길이 막막해 망연자실해졌다. 머리를 쥐어짜다 다른 사람에게 의논했지만 절대 불가능하다는 대답이 돌아올 뿐이었다.

그야 그렇지. 지금이 어떤 세상인데 냉장고를 없앨 엄두를 내겠어. 그런 생각이 머리를 스친 적도 없을 테지.

당연해, 요즘 사람들에게 물어본 내가 바보지.

그래, 맞다! 에도시대를 본보기로 삼으면 되잖아.

그 시대엔 냉장고가 없었으니까. 그래도 다들 거뜬히 밥을 지으며 먹고 살았잖아.

이렇게 내가 좋아하는 사극의 식사 장면을 관찰하는 하루하루가 시작되었다.

알아냈습니다! (우와, 빠르다.)

그들은 기본적으로 밥, 국, 채소절임을 먹었답니다.

으음. 당연히 냉장고가 필요 없겠군.

밥은 나무 밥통에 보관하고(아마도 아침에 한꺼번에 하루치를 지었을 거야), 채소절임은 쌀겨된장에 들어 있으니, 끼니때마다 '국'만 만들면 된다.

으음. 과연 합리적이로군. 시간이 많이 들지 않을뿐더러 만들어뒀다 냉장고에 보관하지 않아도 되고. 퇴근하는 길에 마트에서 채소와 유부만 사 오면 된장국 만드는 데 5분 남짓, 그걸로 밥상이 완성이다.

물론 이걸 태만이라고 한다면 할 말이 없겠다.

그러나 사극에 나오는 사람들의 행복한 식사 장면을 보고 있으면 그래, 게으른 게 뭐 어때서, 하는 심정이 된다.

물론 식은 밥을 감수해야만 한다. 하지만 뜨거운 국물 하나만 있어도 '따뜻한 식사 분위기'가 만들어진다.

아니, 어쩌면 식은 밥이기 때문에 뜨끈뜨끈한 국물이 더욱 행복하게 느껴지는 게 아닐까. 사극의 식사 장면을 보면, 밥을 입에 넣는 사이사이에 된장국을 후루룩 마신 다음, 예외 없이 활짝 미소를 짓는다.

행복이란 의외로 그런 데 꼭꼭 숨어 있는 것인지도 모른다.

빠르고, 싸고, 맛있다

현대를 살아가는 주위 모든 사람들이 절대 불가능하다고 장담했던 '냉장고 없는 생활'이, 놀랍게도 이렇게 무던하게 궤도에 진입했다.

막상 해보니 너무나 즐겁다.
무엇보다 '빠르다'!

정말 사극에서 보던 그대로다.
된장국을 만드는 5분 동안 채소절임을 싹둑싹둑 자르면 끝!
거기다 채소조림이나 생선구이 같은 다른 반찬 하나를 곁들이는 데 10분만 투자하면 훌륭한 밥상이 완성된다.

그리고 '싸다'!

이런 밥을 먹다 보면 돈이 거의 들지 않는다.

밥 한 그릇에 30엔. 그 외에는 된장국에 넣을 건더기와 채소 절임에 쓰는 채소…… 식비가 너무나 저렴해 마트에서 싸게 파는 특가 상품이 아닌, 근처 두부 전문점에서 파는 고급 튀김두부를 130엔이라는 거금을 들여 산다. 이 얼마나 사치스러운 일인지. 그리고 그 튀김두부를 조심스레 반으로 잘라 기름 없이 다시 튀긴다. 그리고 외식할 땐 새침하게 엄지손가락만큼만 올라오는 무즙을, 나는 푸짐하게 듬뿍 올린다.

잘 튀긴 뜨끈뜨끈한 두부에 폰즈 소스를 뿌린 무즙을 쏟아져 내릴 만큼 올리면…… 아, 이것만으로도 지방 영주쯤 되는 듯한 기분을 만끽할 수 있다.

그리고 '맛있다'!

이게 제일 중요하다.

밥은 매일 먹어야 한다. 빠르고 싸기만 해서는 마음이 시들고, 마음이 시들면 인생이 시든다. 먹고 싶은 걸 참는 삶이라니, 아무리 싸고 빠른들 나는 결코 견뎌낼 수 없을 것이다.

그런데 앞에서도 말했지만, 이런 밥이 화가 치밀 만큼 맛이 있다.

지금껏 수많은 정보와 요리책과 재료를 수집하고, 시간을 들여 복잡한 요리를 만들고, 그것도 모자라 매번 다른 요리를 열심히 만들어온 내 삶은 과연 무엇이었을까.

　나는 대체 뭘 위해 살았던 거냐고 따지고 싶다.

　무엇보다 가장 맛있는 게 하필이면 '밥'이다. 그냥 맨밥. 그리고 그 맛을 제일 잘 살리는 게 된장국과 채소절임!

　이런 일이 있어도 되는 것일까.

　지금까지 내가 시간과 노력과 돈을 들여 추구했던 건 소박하고 재미없고 당연히 있어야 할 맨밥과 국 따위가 아니라, 반짝반짝 빛나는, '전 세계의 맛있는 반찬들'이었다. 그걸 위해 결코 적지 않은 열정을 바쳐왔다.

　지금까지 난 대체 어떤 삶을 산 것일까.

그러고 보니 료칸에서도
아침밥이 더 맛있었다

그리고 깨달았다.
어, 이거, 료칸에서 먹는 아침밥 메뉴잖아, 하고.

료칸에 묵을 때, 메인은 뭐니 뭐니 해도 '저녁밥'이다.
여행사 팸플릿에 찍힌 료칸 사진에는 배 모양의 그릇에 담긴 모듬회, 싱싱한 전복, 대게 전골, 소고기 숯불구이 등등 상다리가 휘어질 만큼의 진수성찬이 차려져 있다. 그리고 많은 사람들이 그걸 여행의 즐거움 삼아 집을 나선다. 텔레비전에서도, "우와" "맛있겠다~" "살살 녹을 것 같아~" 하는 탄성이 곁들여진 먹방이야말로 여행 프로그램의 대미를 장식한다.

하지만 곰곰이 생각하다가 충격적인 사실을 깨닫게 되었다.

난 진심으로 기뻐하며 그런 것들을 먹었을까.

물론 맛이 없다는 뜻이 아니다.

맛이 있다 없다를 떠나, 그런 스타급의 주역들이 연이어 등장하는 음식을 먹다 보면, 대체 내가 뭘 먹었는지 거의 기억이 나지 않는다.

유일하게 기억에 남는 느낌이라곤, 배가 불러 움직이지 못하겠다는 현실뿐. 행복 반, 괴로움 반의 슬픈 현실……

그에 반해 가슴에 손을 얹고 솔직히 생각해보면, 정말 뼛속까지 행복하게 먹었던 건, 오히려 아침밥이 아니었을까.

어느 료칸이든 거의 다를 바 없는 그 메뉴.

밥, 된장국, 채소절임, 그리고 김. 혹은 생선구이, 달걀말이, 낫토 같은 음식들이 나오기도 한다. 비슷비슷하지만 역시 전문가가 만들어서인지 맛이 다르다. 하나하나 정성 들여 만들어진 그 음식들을 맛볼 때면 절로 입가에 웃음이 퍼진다. 소박하지만 마음이 편안해지는 음식들. 엄청난 상차림이 아닌데도 깊은 만족감을 느낄 수 있다.

왜 매일 다른 음식을
먹어야 하는 거지

그러나 그런 아침밥을 팸플릿에 싣는 료칸이 있을 리 없다.

아침밥은 어디나 똑같으니까. 팸플릿에 사진을 올려봐야 차별화된 부분이 없으니까.

하지만 솔직히, 그런 아침밥이야말로 누구나 맛있게 먹는다. 또 같은 메뉴야? 하고 불평하는 사람을 본 적이 없다.

그런데 저녁밥은 그 모든 것의 대척점에 있다.

홍보용 팸플릿을 자세히 들여다보면 화려한 저녁밥 사진 옆에 이렇게 쓰여 있다.

"이틀 이상 숙박하시는 손님께는 다른 메뉴를 제공합니다."

그런 호화로운 저녁식사를 이틀 내리 같은 메뉴로 먹어야 한다는 것은 상상만 해도 괴로울 것이다.

하지만 좀 이상하지 않은가?

많은 사람들이 맛있다고 여기는 음식을 한상 가득 차려놓은

게 바로 그 저녁식사다. 정말 맛이 있다면 며칠을 먹어도 물리지 않아야 하지 않을까. 이런 음식을 먹는 것이야말로 궁극의 행복이라 해도 반박할 수 없어야 할 것이다.

그런데 현실은 그렇지가 않다. 호화로운 저녁식사는 한 끼로 충분하다.

그런데 소박한 아침 밥상은 다르다. 며칠이든 기꺼이 같은 메뉴를 먹을 수 있다.

결국 그런 게 아닐까.

호화로운 건 사람을 질리게 하는 게 아닐까.

오늘 뭐 먹지? 하는
무간지옥에서 벗어나자

곰곰이 생각해보면 이거야말로 소프트 무간지옥이다.

맛있는 음식을 열심히 만들면 만들수록, 다른 맛있는 음식을 또 만들어야만 한다. 그리고 다른 맛있는 음식을 만들면, 또 다른 맛있는 음식을 만들어야 한다.

무한반복이다.

물론 요리를 하는 게 취미인 사람은 그걸 즐거움이자 삶의 보람으로 여기면 된다. 하지만 모든 사람이 다 그래야 하는 걸까. 인생이 그렇게까지 가혹해도 되는 걸까.

내가 진지하게 그런 생각을 하게 된 건 어머니가 나이 드시는 모습을 보면서부터다.

내가 요리하고 먹는 걸 좋아하게 된 건 틀림없이 어머니에게서 받은 영향이 크다.

세 형제 중 막내로 태어나 금지옥엽 자랐던 어머니는 결혼할 때까지 손에 물 한 방울 안 묻혀봤다고 했다. 그리고 그 시절 대부분의 여자들이 그랬듯이, 소극적인 연애를 하고 고도성장기에 직장인의 아내가 된 어머니는 현모양처가 되기 위해 최선을 다했다. 당시 출간되기 시작한 요리책들을 사다가 양배추 롤, 시금치 그라탱, 수제 만두, 중화풍 고기완자 같은 진귀한 요리들에 도전했다. 어제와 같은 음식이 오늘 밥상에 등장하는 일은 한 번도 없었다. 어머니는 말 그대로 솜씨 좋은 어머니가 되었고, 그 딸도 요리를 좋아하는 여자로 자랐다.

그런데 그런 어머니가 나이가 들면서 요리를 힘들어하게 되었다. 게으름을 피운 것도 귀찮게 여긴 것도 아니다. 오히려 의욕만큼은 넘쳐났다. 요리는 그녀의 정체성이었으니까.

근면 성실한 어머니는 처음엔 레시피대로 충실하게 만들다가 조금씩 개량해가는 타입이었다. 어머니의 요리책에는 조미료 칸에 깨알 같은 글씨로 '좀 맵다' '간장은 반만' 같은 메모가 정갈하게 쓰여 있었다. 그걸 보며 어머니의 사랑과 정성을 떠올릴 때면 쓸쓸한 마음이 차오른다.

그러기 위해서는 엄청난 노력이 필요했을 테니까.

그렇게 요리책을 보고 재료를 모으고 조미료 양조차 오차 없이 만드는 복잡한 과정을 건강했을 땐 별 어려움 없이 해낼 수 있었다. 그러나 그게 어느새 뛰어넘기 힘든 걸림돌이 되어, 어머니 앞에 버티고 서 있게 되었다.

어머니에게 치매 증상이 조금씩 나타나기 시작한 것이다.

그래도 어머니는 쉬운 요리 만드는 걸 끝까지 싫어하셨다. 요리가 힘들다고 투덜대는 어머니에게 "복잡한 요리를 안 만들면 되잖아" "밥하고 국하고 구운 생선 하나만 있으면 충분히 맛있어" 하고 몇 번을 말해도 수긍하는 법이 없었다.

어머니에게 그건 게으름이자 패배를 의미했다.

어머니의 베갯머리에 요리책이 어지럽게 쌓이기 시작했다. 뒤적여보니 여기저기 줄을 치고 표시를 해둔 곳에서 그걸 만들어야 한다는 간절함이 느껴진다.

그렇게 노력하고 또 노력했지만, 결국 뭘 어떤 순서로 만들어야 할지 정리하지 못한 채 슬픔이 북받쳐올랐을 것이다.

그런 어머니의 출구 없는 괴로움을 바라보며, 대체 뭘 어떻게 해드려야 할지 뭐라고 위로해야 할지 알 수 없었다.

필사적으로
살아야 할까

잘못한 사람은 아무도 없다.

하지만 어머니의 어찌할 바 없는 슬픔을 보면서, 요리가 언제부터 이렇게 복잡한 게 되어버렸을까 하는 생각을 하게 되었다.

이때 나는 화풀이할 대상이 없는 분노로 끓어오르고 있었다. 뭐야, 어떻게 돌아가는 거야! 어머니가, 그리고 내가 추구했던 풍요로움은 대체 뭐였지? 어머니나 나나 그저 보다 나은 삶을 위해 열심히 살아왔을 뿐인데. 그런데 왜 어머니가 인생의 마지막에 이런 취급을 받아야 해?

요리란 원래 살아가기 위해 필요한 행위다. 여자든 남자든 아이든, 누구나 그럭저럭 만들 수 있는 그런 것이어야 한다.

그런데 어느새 그 요리가 체력이 받쳐주고 재능 있는 사람만 할 수 있는 일이 되어버렸다면, 뭔가가 잘못된 게 아닐까.

오늘은 무얼 만들까 생각하며 요리책을 들추고, 재료를 갖추

고, 계량스푼으로 조미료 양을 가늠하고…… 그럴 수 있는 사람
이면 그야 상관없다. 그런데 어느새 모두들 그렇게 힘들게 해야
만 진짜 요리이고 밥과 된장국은 요리가 아니라며 무시하게 되
었다.

건강할 때에는 사람은 노력하면 뭐든 할 수 있다고 믿기 마
련이다. 하지만 아무리 노력해도 안 될 때가, 반드시 찾아온다.

그럴 때 우리에게 남는 것은 비참한 패배감뿐이다.

하지만 그게 진짜 패배일까.

1970년대에 기리시마 요코 씨가 쓴 『똑똑한 여자는 요리를
잘한다』는 책이 베스트셀러가 된 적이 있다.

세 아이를 키우면서 논픽션 작가로 전 세계에서 활약하는 기
리시마 씨가 "일 잘하는 여자가 밥도 잘하고, 풍성한 식탁을 즐
길 줄 안다" "그게 바로 풍요로운 삶이다"라고 설파하는 내용이
다. 그 말들이 어찌나 멋지게 들리던지, 나 역시 그런 세계를 얼
마나 동경했는지 모른다. 시기적으로도 마침 여자들의 사회 진
출이 시작되던 때였다. 집안일을 거부하는 게 진정한 신여성이
라고 믿었던 그때에, 일만 잘해선 안 되고 집안일도 척척 해내
야만 풍요로운 삶을 살 수 있다고 하는 그 말에 눈이 번쩍 뜨이
는 느낌이었다.

그러나 지금 그 책을 다시 읽어보니 무척 복잡한 심경이다.

기리시마 씨의 요리는 정말이지 화려하다.

아무리 바빠도 전 세계 요리를 후다닥 만들어 식탁을 장식하고, 친구들을 불러 파티까지 연다. 순서를 정하고 실행에 옮기고 결단을 내리는 그 힘은 글 쓰는 일에도 그대로 반영된다.

멋지다.

그런데 그러기 위해 해야 하는 일들이 너무나 많았다. 기리시마 씨는 너무 크다 싶을 만큼 거대한 냉장고를 구입하는 게 바람직하다고 했다. 그리고 똑똑한 여자라면 마트 식품 매장을 제 집처럼 들락거리며, 값싼 제철 식재료를 만났을 땐 주저 없이 구입해 주말처럼 시간이 빌 때 열심히 손질해두었다가 언제든 짧은 시간 안에 맛있는 음식을 낼 수 있도록 해야 한다고 했다.

우린 지금 모두가 그런 '똑똑한 여자'를 목표로 정신없이 달려가고 있다. 일도 생활도 똑 부러지게 잘해내고 싶다며 다들 필사적이다. SNS를 보며, 그렇지 못한 나는 얼마나 못난 사람인지를 반성한다. 그렇게 모두가 조금이라도 나은 삶을 목표로 매일 노력하고 또 노력한다.

하지만 정말 그렇게까지 해야 하는 걸까. 먹는다는 건 산다는 것이다. 사는 게 그렇게 복잡하고 힘든 일이어야 하는 걸까.

외할머니는 요리책 따위 뒤적거리신 적 없이, 늘 비슷한 채소조림을 만들었다. 눈으로 보나 맛으로 보나 무척 소박했지만, 지금 생각해보면 어린 나도 정신없이 먹을 만큼 맛있었다. 그걸 만드는 일은 할머니에겐 그리 어렵고 특별한 일이 아니었을 것이다.

할머니는 젊었을 때 뇌출혈로 쓰러지셨다. 그렇지만 다리를 끌면서도 아무렇지 않게 부엌에 서서 말을 듣지 않는 오른손 대신에 왼손으로 똑같은 음식을 맛있게 만드셨다.

요리란 원래 그래야 하는 게 아닐까.

만약 그렇다면 나 역시 나이가 들어 몸이 말을 듣지 않게 되더라도, 소박하면서도 변함없는 밥을 계속 지어 먹을 수 있지 않을까.

죽을 때까지 제대로 잘 살아갈 수 있지 않을까.

이렇게 생각하면 지금의 나는, 매일 열심히 다른 종류의 진수성찬을 만들고 있을 때가 아닌 것이다.

맛의 기준은
바로 나

어쩌면 우리는 지나치게 노력하고 있는 건 아닐까.

이 나라의 오랜 역사 속에 요리책이라는 게 등장하고 사람들이 매일 다른 음식을 먹게 된 지는 백 년도 채 안 된다.

현대의 여자들은 역사상 유례없는 그런 가혹한 일을 담당하게 되었다. 게다가 남자와 똑같이 사회에 진출해 일까지 잘 해내야 한다니.

먹는 건 즐겁다. 맛있는 음식을 대접하는 것 또한 즐겁다. 그걸 누가 부정할 수 있을까. 그러나 그렇기 때문에 우리는 어느새 '먹는 행위'를 끝없이 폭주시켜왔는지도 모른다.

맛있는 음식을 만들 수 있다는 것, 그건 분명 멋진 일이다. 아이들을 위해 맛있는 음식을 준비하는 부모의 사랑 역시 훌륭한 일이다. 그러나 지금은 집밥을 만드는 일조차 경쟁으로 변질되어버렸다.

그 고통을 견디지 못한 사람들이 이제 가사 도우미와 음식 택배 서비스에 적지 않은 돈과 죄책감을 지불하고 있다.

뭔가 잘못된 게 아닐까?
우리에게 남은 선택지는 두 개뿐일까?
똑똑한 여자가 될 것인가, 한심한 여자가 될 것인가?

아니, 그럴 리 없다고 나는 당당히 주장하고 싶다.
지금 우리에게 필요한 건 바로, '음식의 미니멀리즘'이다.

경제가 성장하면서 우리는 점점 더 많은 물건들을 사들이며 욕구를 채워왔다. 그 결과, 집안은 치우지 못한 물건들로 넘쳐나고, 그 물건들이 우리의 공간과 정신까지 잠식해나갔다. 미니멀리즘은 그에 대한 반성이었다. 사람들은 진정 필요한 게 무엇인지를 제대로 판단하게 되었고 심플하게 살아가는 풍요로움에 공감하며 행동에 나섰다. 산더미처럼 많은 옷들, 식기들, 집기류 들을 정리하기 시작한 것이다.

그런데…… 그 와중에 '음식'만은 잊힌 게 아닐까.
그건 아마도 심플한 식생활이 빈곤한 삶을 의미한다고 누구나 믿어버리기 때문일 것이다.

그러나 결코 아니다!

우리는 '맛있는 음식'이란 것에 대해 근본적으로 다시 생각해
볼 필요가 있다.

세상엔 맛있는 음식이 차고 넘친다.

하지만 우리가 살고 있는 이 소비 사회에서 맛있는 음식이란
바로, 손님이 선택하고 돈을 지불할 만한 음식을 뜻한다.

그러기 위해서는 사람들에게 어필할 수 있어야 한다. 다시 말
해 첫인상이 강렬하고, 쉽게 이해할 수 있어야 하는 것이다. 맛
도 외양도 경쟁하듯 과해질 수밖에 없다.

그 '과잉된 세계'를 우리는 '맛있는 음식'이라 불러온 게 아닐
까. 많은 사람들이 음식이 아니라 정보를 먹는다. 정말 맛있는
지 여부를 느끼지 못하고, 다른 사람들이 맛있다고 하는 음식을
먹는다는 데서 기쁨을 얻는다.

지금의 나는 전혀 다르다. 내 안에 분명한 맛의 기준이 있기
때문이다.

밥, 국, 채소절임.

이 소박하기 이를 데 없는 밥상은 머리를 지배하는 정보와는 전혀 무관하다. 그렇기 때문에 나 스스로 맛을 느껴야만 한다.

우적우적. 후루룩후루룩. 오독오독.

으음. 바로 이 맛.

그걸 느낄 수 있는 내가 있음을 깨닫고 나니 정보라는 게 거 추장스럽기만 하다.

그리고
시간과 행복이 찾아온다

이렇게 나는 뒤늦은 나이에 겨우 인생의 중심축을 세우게 되었다.

내게는 더 이상 진수성찬이 필요하지 않다.

많은 조미료나 요리 도구, 요리책도 필요 없다. 오늘은 무얼 먹을까 고민할 시간도 필요 없다.

그래도 충분히 맛있는 음식을 만들어 먹을 수 있는 내가, 여기에 있다.

오늘 내 눈앞에 있는 건 충분한 시간과 행복.

그렇다, 맛있는 음식을 먹을 수 있다는 건 행복 그 자체다.

그리고 그것이 이미 내 눈앞에 존재한다.

아아, 이런 세상이 있을 줄이야.

2

요리책 같은 건
보지 않기로

대체로 욕심이 화근임

〈언덕 위의 구름〉이
안긴 충격

몇 년 전이었을까, 시바 료타로 원작의 대하드라마 〈언덕 위의 구름〉이 NHK에서 방영됐다. 그때 한 장면을 보고 적잖이 충격을 받았다.

거대한 스케일의 줄거리와는 전혀 관계없는 사소한 일화였는데, 주인공 중 한 사람인 아키야마 요시후루가 도쿄의 하숙집을 찾아온 아우 아키야마 사네유키와 같이 저녁밥을 먹는 장면이었다.

고향인 마츠야마에서 화려한 도쿄까지 동생이 먼 길을 찾아왔으니 어떤 잔치가 벌어질지 기대에 부풀어 지켜보는데, 식기가 달랑 밥그릇뿐이었다. '나무 밥통'에서 그 밥그릇에 각자 밥을 푸고는 열심히 입에 쓸어 담았다.

요시후루는 인심을 베풀듯 "자, 실컷 먹어!" 하고 배포 크게 굴었다. 그런데 반찬이 달랑 단무지 하나.

한마디로 밥으로 시작하고 밥으로 끝난다.

아마 딴에는 동경하는 형에게서 융숭한 대접을 기대했을 동생도, 아무렇지 않게 술을 마시고 밥을 쓸어 담는 형에 뒤질세라, 단무지의 짠맛과 식감만으로 맨밥을 열심히 먹을 수밖에.

이 장면은 후일 러일전쟁에서 카자흐 기병대를 물리치고 '일본 기병의 아버지'라 불리게 된 요시후루가 얼마나 소박한 생활을 했는지, 그 청렴한 성격을 상징적으로 보여주기 위한 일화로 삽입되었을 것이다.
시청자들은 그 장면을 보며 그는 정말 위대한 인물이었구나, 욕심이 없는 사람이었구나, 감탄했을 것이다. 물론 나 역시 그렇게 생각했다.
그는 꽤 지위가 높은 군인이었다. 게다가 말을 타던 군인이니 그야말로 몸이 재산이었고, 솔직히 말해서 늘 허기가 졌을 것이다. 그런데 그렇게나 밥상이 단출했다니! 정말 자제심이 강한 사람이었구나, 그런 존경심을 마음 깊이 느꼈다.

그런데 같은 장면을 떠올리면서도 지금은 전혀 다른 느낌을 갖게 된다.

요시후루는 특별히 참거나 엄격히 자제한 게 아니지 않을까. 어쩌면 욕심이 없었던 게 아니라 무척 욕심이 강한 사람이었던 게 아닐까.

지금의 내가 딱 그런 생활을 하고 있으니 말이다!

억지로 참고 있는 것도 아니고, 고행을 한다고 폼 잡는 것도 아니다. 정말로 '밥'만 있으면, 더 욕심을 부려 '갓 지은 밥'만 있으면, 다른 반찬은 거추장스럽다. 단무지만으로도 충분하다.

밥이
잘 지어진 날

정말이다, 갓 지은 '햇밥'을 먹는 날의 행복이란!

사실은 오늘이 바로 그 '햇밥 날'이다.

설명을 좀 덧붙이자면 '햇밥 날'이란 '밥 짓는 날'을 뜻한다. 내가 밥을 하는 건 보통 사흘에 한 번, 한여름엔 하루 혹은 이틀에 한 번만 밥을 한다. 냉장고 없이 나무 밥통에 밥을 보관하다 보니, 계절에 따라 밥 짓는 주기가 달라진다.

자, 그럼 오늘 무슨 일이 일어났는지에 대해 얘기해보자.

우선 아침에 이불 속에서 눈을 떠 '맞다, 오늘이 밥 짓는 날이지!' 하는 생각이 번뜩 났다.

어둑어둑한 새벽에 서둘러 이불에서 빠져나와 곧장 부엌으로 향한다.

물에 불려 발아시켜둔 현미를 냄비에 옮기고 물과 약간의 소금을 넣어 뚜껑을 닫은 다음, 휴대용 가스버너에 불을 켠다. 보글보글 끓으면 뚜껑을 열어 수분을 날리고, 물이 쌀 표면에 닿을락 말락 할 때쯤 불을 줄여 뚜껑을 덮는다. 20분쯤 그대로 약한 불에 둔다.

그리고 마지막에 딱 3초만, 주문을 외듯 불을 세게 한다. 이 순간이 뭐라 형용하기 힘든 즐거움을 준다.

아주 짧은 시간 동안 '타닥타닥' 하는 작은 소리가 들린다. 그 순간, 미세하게 고소한 냄새가 코를 스치고 지나간다.

와아~

누·룽·지!!(←망상)

그러나 너무 기쁜 나머지 여기서 뚜껑을 열어버려서는 안 된다. 불을 끄고 10분쯤 기다렸다가, 조심조심 무거운 뚜껑을 열어 안을 들여다본다.

와아~.

밥·이·다!!(→밥이 아니면 뭔데?)

뜨끈뜨끈하게 피어오르는 김 사이로 쌀알이 한 알 한 알 자기주장을 하며 서 있는 모습이 마치 갓난아기 같아, 몇 번을 다시 봐도 밀려오는 감동을 억누를 길이 없다. 나는 무사히 출산을 마친 어머니처럼, 아끼는 나무 주걱으로, 아기를 안 듯, 냄비 바닥에서 밥 등을 살짝 들어올린다. 그리고 밥알이 으깨지지 않도록 주걱을 세워 빠르게 섞어 밥알 하나하나가 숨을 쉴 수 있게 해준다.

다 섞은 밥은 바로 나무 밥통에 옮겨 담는다.

자, 이제부터 본격적으로 쇼가 시작된다.

나무 밥통에 다 옮기고 나서 참지 못하고 뜨거운 밥을 손으로 날름 집어먹는다.

와아~(←기절 직전)

밥이 얼마나 잘 지어졌는지 확인하는 차원에서 꼭꼭 씹는다.

달다. 달아도 너무 달다!

밥의 단맛에 진심으로 놀라게 된다. 매번 햇밥을 집어먹으면서도 왜 이렇게 늘 신선한 놀라움을 느끼는지 나조차 신기할 지경이지만, 결국 매번 그 신기함을 확인하지 않고는 배길 수 없다…… 다시 말해 또 한입 집어먹는다.

으음. 역시 달다! 달아도 너무 달다!

이렇게 집어먹다 보면 한도 끝도 없이 먹게 되고, 그러다가 밥이 그 자리에서 동이 날 것 같아 이를 악물고 나무 밥통 뚜껑을 꼭 닫아놓고 나갈 준비를 한다.
하지만 그 행복을 잊을 수 없어 자꾸만 나무 밥통 뚜껑을 열어 한입, 또 한입 집어먹는다.

반찬이요?
만들 수야 있지만 만들고 싶지 않은데요

이렇게나 맛있는 밥이다.

게다가 이 '햇밥 날'은 사흘에 한번밖에 오지 않는다. 햇밥 날은 내게 너무나 소중한 날인 것이다.

당연하게도, 이날 메뉴의 주제는 이렇다.

'이 햇밥을 어떻게 하면 더 맛있게 먹을 것인가.'

그러니 처음엔 '햇밥에 어울리는 반찬'을 열심히 만들었다.

아니, 곰곰이 생각해보니 '햇밥에 어울리지 않는 반찬'이라는 게 세상에 존재할 리 없었다. 신이 난 나는 조림, 튀김, 볶음 같은 반찬들을 열심히 만들었다.

당연히 맛이 있다.

그러나……

'이건 아니다' 싶은 마음이 점점 커졌다.

'맛있는 반찬'이 지나치게 전면에 드러나는 것이다.

자신이야말로 주인공이라고 주장하는 반찬들. 이봐요, 날 봐요, 나를 클로즈업하라고요.

솔직히 말하자. 주인공은 당신이 아니에요.

주인공은 '햇밥'님이시다.

나는 언뜻 보기엔 소박하지만 씹으면 씹을수록 따스한 맛이 배어나오는 이 밥을, 되도록 오래오래 음미하고 싶다.

그런데 맛있는 반찬을 입에 넣은 순간, 입은 반찬 맛에 점령당하고 만다. 물론 그것도 나름의 맛이 있다. 그러나 은은하고 속 깊은 밥맛은 어딘가에 꼭꼭 숨어버리고 만다.

이건…… 아니다.

김, 무즙,
매실 장아찌만 있으면

이렇게 '햇밥 날' 반찬이 간소화되면서 결국엔 근처 두부 집에서 사 온 튀김두부 혹은 두부완자로 충분해졌다.

아니, 충분하다기보다 아무리 생각해도 이게 최고였다.

우리 집에서 자전거로 3분 거리에 있는 두부 집으로 향한다. 팔순 할아버지와 "오늘 정말 무덥죠~" 하고 잡담을 나누면서 튀김두부로 할지 두부완자로 할지 오래오래 망설이다가, 둘 중 하나를 비닐에 담는다. 그러곤 두근대는 가슴을 안고 자전거 페달을 밟으며 집으로 향해 간다.

프라이팬 대신 쓰는 작은 더치 오븐을 가스버너에 올려놓고, 딸깍딸깍 불을 켠 다음 두부 집에서 방금 사 온 걸 올린다. 구두쇠라서 난 기름도 두르지 않는다. 기름기는 이미 안에 다 들어 있으니까.

뚜껑을 덮고 잠시 기다리면 '지글지글' 소리가 들려온다.

그 행복한 소리를 들으며 강판에 무나 생강을 간다. 덧붙이자면 요즘 나의 집에서 절찬 유행하는 음식은 '말랭이 무즙'이다. 우선 무를 사 오면 베란다 광주리 위에 툭 던져놓는다. 그러면 무가 서서히 시들해진다. 이걸 '말라빠진 무'라고 불러선 곤란하다. 이건 어디까지나 '말랭이 무'다.

이 무를 쓱싹쓱싹 강판에 간다.

탱탱했던 무는 이제 흐느적거려 솔직히 갈기가 힘들다.

그러나 이런 사소한 결점을 보완하고도 남는 큰 미덕이 이 무에는 있다.

우선 싱싱한 무를 갈면 아무리 애써도 수분이 빠져버리는데, 무의 참맛은 바로 이 수분에 있다. 그러니 싱싱한 무는 참맛이 빠져나가는 숙명에서 벗어날 길이 없다.

그런데 이미 물기만 빠진 시들시들한 말랭이 무에서는 무척 진한 맛이 난다.

게다가 흐느적거리는 걸 억지로 꾹꾹 눌러가며 갈기 때문에 큰 알갱이가 듬성듬성 섞여 와일드한 무즙이 완성된다.

와, 이게 정말 맛있다.

정말이다, 속는 셈치고 꼭 한 번 해보기를. 베란다에서 말리지 않더라도 좋다. 만약 당신의 부엌에서, 혹은 냉장고 채소 칸에서, 주름지고 쭈그러든 무가 발굴된다면 그것은 덩실덩실 춤

을 출 일이다. 여러 번 말하지만, 결코 "말라비틀어졌다"고 해서
는 안 된다. "와, 아주 잘 말랐네" 하고 씨익 웃어야 할 장면이
다.

이런, 얘기가 삼천포로 빠졌다. 튀김두부를 지지는 중이었지.
지글지글 따끈해진 두부를 뒤집어 앞뒤로 노릇노릇 잘 구운
다음, 그릇에 툭 올려놓는다. 그 위에 간 생강이나 무즙을 듬뿍
올리고 간장이나 폰즈 소스를 한 번 휙 뿌리면 완성.

이보다 '햇밥'에 어울리는 반찬이 또 있을까. 그냥 맛있다는
말만으로는 부족하다. 뜨끈뜨끈 바삭바삭, 맛있으면서도 조신
한 이 반찬은, 밥보다 앞에 나서는 일이 결코 없다.
게다가 너무나 쉽고, 빨리 만들 수 있다.
그야말로 최고의 행복을 선사한다.

이렇게 사흘에 한 번 오는 '햇밥 날', 나의 점심식사 시간은
똑같은 패턴으로 자리 잡았다. '오늘 뭘 만들지?' 하고 고민하는
일이 깨끗이 사라졌다.
행복이란 의외로 단순하고, 가까운 곳에 있다.

그런데 내 행복은 이제 여기서 찾으면 되겠구나 하던 차에, 생각지도 못한 일이 벌어지고 말았다.

며칠 전, 튀김두부를 반찬 삼아 햇밥을 먹다가 밥이 먼저 떨어져버렸다. 두부가 너무 맛있어 밥의 존재감이 흐려진 것이다. 그래서 양으로 대항하려다 보니 밥이 부족해졌다.

두부조차 지나치게 맛이 있다. 자기주장이 너무 강하다. 밥 그 자체, 밥상의 주인공을 더욱더 아끼고 사랑하고 싶었던 나는 깊이 반성을 했고, '햇밥 날'의 반찬은 변화를 맞이했다.

매실 장아찌, 채소 쌀겨절임, 김, 무즙.

요즘 들어 김과 무즙은 둘 중 하나로 충분하다는 생각을 하게 됐다. 둘 다 있으면 아무래도 밥을 한 공기 더 먹게 된다.

이렇게 내 밥상은 점점 더 단순해졌고, 단순해질수록 밥은 더욱 맛있어졌다. 소금기를 반찬 삼아 씹으면 씹을수록, 그 깊은 맛에 정신이 아득하다.

진정한 진수성찬이란 바로 이런 것이다.

내가 먹을 밥은
내가 짓는다

아, 그만 흥분해서 주절주절 말이 많았는데 여기서 다시, 가장 중요한 밥 짓는 법에 대해 설명할까 한다.

솔직히 펜이 후들거린다.(←엄밀히 말하면 키보드지만)

나는 요리사도 아니고, 그냥 평범한 독신 여성이다. 밥 짓기란 요리의 근간이라고, 과거에서 현재에 이르기까지 수많은 요리사며 요리 연구가 분들께서 역설하지 않았던가.
착각도 유분수지, 내가 그렇게 중차대한 밥 짓기에 대해 가르치겠다고 나서고 있다니.

오해 마시길. 나는 나의 방법이 '올바른 밥 짓기'라고 주장할 마음은 추호도 없다. 그냥 '이런 방법도 있다'는 말을 하고 싶을 뿐이다.

내 방식은 상식에서 한참 벗어난다. 너무 대강 대강이라서 눈이 휘둥그레질지도 모른다. 그래도 난, 내 식으로 지은 밥을 꺅꺅 소리치며 기쁘게 먹는다. 내겐 그것이 무엇보다 중요하다.

그럼, 내가 먹을 밥은 내가 지어야지.

바쁠 땐 전자레인지로 돌려 먹는 즉석밥이어도 좋다. 편의점에서 도시락을 사 먹어도 좋고. 그래도 그건 어디까지나 옵션이어야 한다. 적어도 세상에 두 발을 딛고 걸어갈 마음이 있다면 남자든 여자든, 제가 먹을 밥을 지을 힘까지 잃어서는 안 된다.
일단 지어보면 안다. 그게 얼마나 뿌듯한 일인지를.

그런데 대체 왜 이리 뿌듯할까?
결국 '자유'를 느끼기 때문이 아닐까.

밥만 먹을 수 있다면 어떻게든 살아갈 수 있는 법이다. 아무에게도 기대지 않고. 물론 농부와 슈퍼 덕에 쌀을 살 수 있는 것이긴 하지만, 비록 마지막 단계일지라도 내가 그 과정에 관여하고 있다는 사실만으로도 꽤 기분이 남다르다.

그러고 보니 나, 그럭저럭 내 힘으로 잘 살고 있잖아……

이런 일 저런 일이 있지만, 적어도 먹고는 살 수 있잖아……

엎치락뒤치락 싫고 고단한 일이 지치지 않고 찾아오더라도, 밥을 지을 때마다 그런 소리가 내 머릿속에서 메아리친다. 그러면 산다는 게 그리 두렵지만은 않다는 생각이 든다.

이렇게 팍팍한 세상에서, 그런 마음을 먹게 만드는 건 소중한 체험이 아닐까?

그러니 속는 셈치고 해보자고요!

전기밥솥이 없어도
할 수 있어요

나는 냄비로 밥을 짓는다.

회사를 그만두고 작은 집에 이사 온 탓에 아주 좁은 부엌에서 휴대용 가스버너와 작은 냄비 하나로 모든 요리를 해결해야 하니까. 그런데……

전기밥솥이 없어도 거뜬히 밥을 할 수 있다!

많은 사람들이 벌써 알고 있는 사실이겠지만, 부끄럽게도 나는 여태껏 모르고 살았다. 아니, 머리로는 알고 있었다. 하지만 그렇게 어려운 일을 내가 어떻게 하겠어, 그런 심정이었다. 다들 '밥을 짓는다'는 걸 엄청나게 신비하고 어려운 일처럼 여기지 않나? 그 증거로 지금은 거의 대부분 가정의 부엌에 전기밥솥이 있다. 오로지 밥 짓는 일 그 하나를 위해, 꽤 넓은 자리를 차지하는 전용 기계를 갖추고 있는 것이다.

그러니 아아, 밥 짓는 게 무척 어려운 일이구나, 생각하는 게 당연했다.

그런데 직접 해보니 이게 또 전혀 그렇지가 않았다!

말이 길어졌는데, 이번엔 진짜 내 방식의 밥 짓기에 대해 설명하겠다.

아, 우선 그 전에 한 가지. 나는 평소 현미밥을 짓기 때문에 최소한 하룻밤은 물에 불려두지만, 흰쌀밥을 지을 땐 그럴 필요가 없다.

자, 그럼 이제 본론으로!

① 쌀과 물을 냄비에 넣는다.

일단 여기가 중요하다. 제일 긴장될 때가 사실 이때가 아닐까 싶다. 물을 얼마나 부어야 할지 망설이게 된다. 여기서 실수했다간 치덕거리는 진밥이 되거나 설익은 된밥이라는 비참한 결과를 낳게 될 것 같아 손이 떨린다.

그러니 전기밥솥에 기대고 싶어진다. 전기밥솥은 눈금대로 물을 부으면 되니까.

하지만 괜찮다! 자세한 내용은 나중에 쓰겠지만, 물은 손가락을 넣어서 첫 번째 마디까지만 부으면 된다. 대충이 답이다.

② 냄비를 올려놓고 센 불로 가열한다.

다음은 불인데, 이게 또 참 어렵다.

실은 밥 불에 관해서는 어릴 때 가정시간에 배운 표어(노래였나?)의 영향이 컸다. "처음엔 살살, 중간에 활활……"

그러나!

"처음엔 살살"이라고?

"살살"이라니 뭘?

언제부터 언제까지가 처음이란 거지? 대체 몇 분을 말하는 거야?

머릿속이 물음표로 가득 찬다. 다시 손이 떨린다.

하지만 그런 생각은 할 필요가 없다! 처음엔 살살. 까짓것, 완전히 무시해버리자. 무조건 센 불. 그걸로 됐다.

그리고……

③ 물이 끓으면 뚜껑을 연 채로 센 불.

④ 물기가 다 날아가 쌀 표면 아슬아슬한 곳까지 줄어들면

뚜껑을 덮고 약 불.

바로 이거다! 이게 포인트다!

뚜껑을 덮지 말고 센 불로 물기를 날려버린다. 그럼 물이 점점 사라지다가 쌀 표면 아슬아슬한 곳까지 줄어든다.

이걸 눈으로 똑똑히 확인하자. 이것만 제대로 해내면 걸쭉한 진밥이 될 걱정은 안 해도 된다.

그리고 기다리고 기다리던 '그것'이 보이기 시작한다.

그렇다, 바로 그거, 게 구멍!

아시는가, 맛 좋은 밥에만 출현한다는 바로 그 구멍을!

작디작은 함정처럼 귀여운 구멍이 마치 용암처럼 여기저기 뿅뿅 뚫려 있다.

그게 보이면 천천히 뚜껑을 닫는다. 이미 '맛있는 밥'은 보장이다. 게 구멍을 확인했으니 말이다!

이제 불을 한껏 줄인다.

그리고……

⑤ 잠시 그대로 약 불. (현미는 20분, 백미는 10분 정도)

⑥ 불을 끄고 10분 동안 뜸을 들인다.

이것으로 완성!

뚜껑을 조심조심 열 때의 그 두근거림이란!

괜찮다. 아주 잘 지어졌다.
그리고 당연하게도 게 구멍이 남아 있다!

결국 밥 지을 때 느끼게 되는 가장 큰 두려움은 '물기가 알맞게 날아갔는가' 하는 점이 아닐까. 잘 지어졌겠다 싶어서 뚜껑을 열어봤는데 질퍽질퍽하더라, 혹은 반대로 퍼석퍼석하고 딱딱한 게 씹히더라…… 그게 얼마나 무서운 일인지. 왜냐하면, 달리 손 쓸 방도가 없으니까! 이 대량으로 남은 실패작을 도대체 어떻게 하란 말이야, 하고 망연자실해진다.
　하지만 실은 그런 걱정을 할 필요가 전혀 없었다!
　처음부터 뚜껑을 열어버리면 되는 거였다. 물기가 알맞게 날아간 것을 확인한 다음, 천천히 뚜껑을 덮으면 된다. 그뿐이다.

풋, 이게 뭐야!

족쇄의 원인은 분명하다. 앞서 말한 그 "처음엔 살살"이었다.

그리고 그다음에 이어진 잊을 수 없는 그 말. "아기가 울어도 뚜껑은 열지 마라."

아기가 울어도? 이건 비상사태라 할지라도 뚜껑을 열어서는 안 된다는 뜻이다. 그래서 밥을 지을 때 제일 중요한 금기가 "뚜껑을 열어서는 안 된다"는 것이라고 어렸을 때부터 믿어 의심치 않았다. 한순간이라도 뚜껑을 열어버리면 모든 것이 물거품이 되고 만다고 몇십 년을 믿고 살아왔다.

생각해보면 세상에 이런 무서운 일이 또 있을까? 마지막 그 순간까지 안을 들여다봐서는 안 된다니. 잘못해서 뚜껑을 열어버린다면…… 악!! 거의 공포영화 수준이다.

하지만 그런 공포를 견딜 필요가 전혀 없었던 것이다.

"뚜껑은 열지 마라" 말고 "뚜껑은 필요 없다"가 훌륭한 이유는 또 하나. 물 양에 신경을 곤두세우지 않아도 된다는 점이다.

나는 이 방법을 쓰면서 밥을 지을 때 계량컵을 쓰지 않게 되었다. 앞서 말했듯 손가락을 쑥 찔러 넣고 대충 첫 번째 마디만큼 올라온 물을 확인하는 정도일 뿐. 다시 말해 대충이다.

그리고 나는 이 방법을 쓰기 시작하면서 정말이지 밥 짓는 게 즐거워졌다.

생각해보니 전기밥솥도 계량컵도 내게는 수갑 같은 존재였다. 그것만 있으면 밥은 지을 수 있겠지만 달리 생각해보면 그게 있어야만 밥을 지을 수 있었던 난, 사실은 자유롭지 못하고 무력했었다. 예전엔 뚝배기로 '돔밥' 만드는 데 미쳤던 적도 있지만, 그때도 눈금이 그려진 전기밥솥에다 쌀과 물 양을 재고 나서 그걸 뚝배기에 옮겨 담곤 했다. 물 때문에 돔밥을 망칠 수는 없으니까! 그런 비극을 어떻게 견디겠는가.

하지만 그런 걱정은 아무런 쓸모가 없었다. 뚜껑을 열어두기만 하면 실패할 일이 없었던 것이다! 그걸 알고 나니 이게 정말 진정한 자유구나 싶었다. 마치 날개가 돋아난 것 같았다.

이제 나는, 재해 때문에 전기가 끊기든, 외국엘 나가든, 산속에 혼자 남든, 부엌 없는 남의 집에 얹혀살든, 어디서든 밥을 지을 수 있다.

나는 이제 언제 어디서도 살아갈 수 있다!

실패할 자유

지금까지 잘난 척 떠들어댄 말들은 다 뭐였냐는 소리를 들을 지도 모르겠다. 그럼에도 불구하고 용기를 내어 말하자면, 나는 지금도 밥을 지을 때 종종 실패를 한다……

뭐? 절대 실패하지 않는다며!

분명 그렇게 말하긴 했다. 그러나.

다시 가슴에 손을 얹고 돌이켜보면 매일매일이 실패의 연속이었다. 물론 먹지 못할 정도는 아니었다. 그러나 "우와~ 맛있다!" 싶은 최고의 밥이 지어진 건, 고백건대 손에 꼽을 정도다.

"좋아, 이제 완전히 감 잡았어" 하는 생각이 들다가도, 다음번엔 또 이게 아니다 싶다. 뭔가가 다르다. 불의 세기. 가열 시간. 뜸 들이는 타이밍. 밥 물의 미묘한 차이. 혹은 불리는 시간이나 그날의 기온.

생각하면 할수록 밥을 짓는다는 건 너무나 복잡한 일이다. 변수가 너무 많아 어디가 어떻게 잘못되었는지 원인을 파악하는 게 정말이지 쉽지 않다. 그래서 매번 울다 웃다 한다.

하지만 그게 꼭 나쁘지만은 않다. 실패하면 실패한 대로 열심히 머리를 굴리게 되니까. 그건 꽤 재밌는 일이다. 모든 게 편리한 세상에 살면서 실패할 기회를 점점 더 잃어가고 있는 우리에게, 실패란 귀한 경험인지도 모른다.

게다가 이렇게 실패를 거듭한 덕에 나는 또 하나의 멋진 결론에 도달하게 되었다.

한마디로 세상에 '실패'란 있을 수 없다는 것.

예를 들어 된밥이 지어졌다고 치자. 그럼 일단 "와아~ 딱딱한 밥이 되었네!!" 하고 감탄을 하는 거다. "볶음밥 재료가 생겼어!" 하고.
애초에 '실패'라 부르는 것 자체가 잘못이다. 이름을 다시 붙이면 그만이다. 인생도 마찬가지가 아닌가. 성공이냐 실패냐, 둘 중 하나로 구분할 수 있을 만큼 단순하지가 않다.

요즘엔 그날 지어진 밥의 종류에 따라 메뉴가 달라진다.

잘 지어진 햇밥 날엔 밥이 주인공이다. 반찬은 최소한으로, 밥을 마음껏 맛본다.

된밥 날은 볶음밥을 먹는다. 좀 더 자세히 설명하자면 난 볶음밥을 만들 때, 프라이팬을 능란하게 흔들어 재료를 뒤집거나 하지 않는다. 쌀과 다른 재료를 적당히 섞고 기름을 살짝 두른 다음, 작은 더치 오븐의 뚜껑을 꽉 덮고 중불로 몇 분 동안 기다린다. 그렇게만 해도 뭉치지 않은 고소한 볶음밥이 만들어진다. 된밥이기에 가능한 일이다.

퍼석퍼석하다 못해 딱딱해지거나, 반대로 물기가 너무 많으면 '죽 끓이기 좋은 날'. 물과 다시마와 채소와 유부를 적당히 넣고 끓이다가, 마지막에 된장을 넣으면 된다.

이 모든 종류의 밥이 참 맛있다. 그러고 보면 밥이란 어떤 상황에서도 궤도 수정을 허락하고 모든 걸 다 포용해주는, 정말이지 넉넉한 음식이다.

'소소한 행복'이라는
무한한 가능성

쌀에 대해 지나치게 열변하는 나. 이렇게 쓰고서도 더욱 열변하고 싶은 나. 그러나 생각해보면 불과 몇 년 전까지만 해도 난 쌀에는 별 관심이 없었다. 아니, 전혀 흥미를 느끼지 못했다.

그런데 어쩌다 이렇게 달라진 걸까?

밥. 당연하게 존재하는 그냥 밥. 아무도 그 존재에 감격하지 않는 밥. 무맛에 가까운 밥.
하지만 '밥, 국, 채소절임'을 먹으며 살아가기로 결심한 이상, 그 맛을 철저히 느끼지 않으면 안 된다. 무엇보다 밥이 주인공이니까. 내겐 이것밖에 없으니까.

각오를 다지고 집중한다. 밥의 세계로 몰입한다.

그러자 그동안 밋밋하게만 여겼던 밥 안에, 무한한 세계가 존재한다는 걸 알게 되었다.

밥은 사실, 무척이나 달다. 정말 달다.

그렇다고 케이크처럼, 가만히 있어도 그쪽에서 "나 달아, 진짜 달거든?" 하고 알기 쉽게 어필하는 그런 단맛이 아니다.

이쪽에서 적극적으로 찾아가야만 알 수 있는 그런 단맛이다. 어두운 동굴에 내던져져 더듬더듬 앞으로 나아가다, 조용히 서 있는 단맛을 겨우 알아본다.

마치 보물 같은 존재다.

그렇게 매일 밥에 집중하고 있으면 이런 밥상이 아주 익숙해진다. 그러면 점점 더 맛에 민감해진다. 내밀한 맛을 발견하고 깜짝 놀라는 일이 반복된다.

팥을 현미에 섞어 밥을 지었을 땐, 한입만 입에 넣어도 "아, 달다!" 하고 놀랐다. 맨밥으로도 단맛을 느끼고 행복해하는 나에게, 팥은 마치 폭탄과 같은 위력을 발휘했던 것이다.

이런 밥맛에 맛을 들인 나는 콩을 넣어 밥을 지었다. 이건 또 메가톤급 단맛이었다. 깜짝 놀라 엉덩방아를 찧을 뻔했다.

대체 뭐지? 이 무한한 세계는?

지금까지 그런 것들을 느끼지 못하고 살아왔다. 스테이크의 강렬한 맛, 과자의 매혹적인 단맛. 그런 것들만 맛보고 싶고, 만들어보고 싶었다. 그때에는 이런 내밀한 맛이 내 의식 속으로 비집고 들어올 틈이나 계기가 없었다.

커다란 행복은 작은 행복을 보이지 않게 만든다.

하지만 진실은, 작은 행복 속에 무한한 세계가 펼쳐져 있다는 것이다.

3

여자는 묵묵히
된장을 물에 푼다

육수 탈출

나머지는
된장국만 있으면

자, 밥은 다 되었다!

축하합니다. 이것으로 당신은 인생의 자유를 60퍼센트 획득하셨습니다!

그러나……

비상시라면 모를까, 역시 맨밥 하나로 기나긴 인생을 버티고 살아가기엔, 체력적으로도 정신적으로도 힘들 것이다. 내가 아무리 금욕적이라지만 그렇게는 못 산다.

그러니 조금만 더 나아가보자.

그렇다 해도 크게 걱정할 것은 없다. 그래 봐야 나머지 40퍼센트다. 그렇게 힘든 일이 나를 기다리고 있을 리 없다.

그래, 나머지는 된장국만 있으면.

궁극의
'1분 된장국'

된장국의 장점은 뭐니 뭐니 해도 '조리법'을 기억해둘 필요가 없다는 것이다. 요리책 따위 치워버리자.

'그래, 된장국을 만들어 먹자' 하고 생각한 시점에서 80퍼센트는 완성된 것이나 다름없다.

글자 그대로, 이름에 요리법이 다 들어 있다.

'된장'의 '국'.

그렇다. 된장에 뜨거운 물을 풀어 국을 만들면 된다는 뜻. 이것으로 어엿한 반찬이 하나 완성된다. 1분이면 끝이다.

건더기는 있어도 그만 없어도 그만이다. 이미 된장이 들어 있으니까! 된장은 외관만으로는 정체를 알 수 없는 갈색 페이스트지만, 생각해보면 원재료가 콩이다. 콩이 발효되면서 영양가가 높아진 것이니 된장 그 자체가 건더기라고 봐도 무방하다.

된장국은 조상들이 만들어낸, 태곳적부터 먹던 간편식품이다. 편의점까지 사러 가지 않아도 된다는 이점도 있다.

게다가 뜨거운 국물은 밥상의 '행복도'를 상상 이상으로 끌어올린다.

되풀이하지만 사극을 보면 알 수 있다. 아무리 가난한 사람이라도 식사 시간만큼은 정말로 행복해 보인다. 그리고 그 행복은 된장국을 마실 때 절정에 달한다. 된장국을 마시는 순간, 누구나 표정이 누그러진다. 정말이다.

……지금이야 이렇게 자신 있게 말하지만, 사실 전에는 된장국을 거의 먹지 않았다. 가족이 있으면 또 모를까, 고작 1인분을 만들려고 전 과정을 거치는 게 너무나 귀찮았기 때문이다.

왜 그런 생각을 하게 됐을까?

만물이
육수를 품고 있다

우선 최대의 난관은 '육수'.

된장국 하면 무조건 '국물을 우려내야 한다'고 믿었었다.

물론 다시다 같은 '마법의 가루'를 획획 뿌린다면 귀찮을 일이 별로 없다. 내 어머니도 젊었을 땐 그걸 애용하셨다. 그때만해도 다들 그랬으니까.

하지만 시대가 변하고 세상에서 화학조미료가 조금씩 모습을 감추게 되면서, 화학조미료의 맛이 너무 짙다고나 할까 과하다고나 할까, 아무튼 싫어지게 되었다. 취직하고 혼자 살기 시작한 나는 천연 육수가 들어간 팩을 사곤 했다. 티백처럼 생긴 그 팩을 냄비에 넣고 끓이기만 하면 되니, 쉽다면 쉽다.

그렇다 해도, 결국 냄비 하나와 가스레인지를 차지하고, 건더기와 육수 팩을 넣어 끓인 다음 건더기가 부드러워지면 된장을 풀어 넣어야 한다.

으음……

물론 이것만 보면 크게 손이 가고 힘든 일이 아닐지도 모르겠다. 하지만 반찬을 만들면서 된장국까지 끓이려면 이 사소한 과정이 큰 난관이 되어 나를 가로막는다.

그래도 애써 난관을 이겨냈다고 치자. 그러나 그렇게 해서 완성된 것은 어떤 화려한 요리가 아니다.

그냥 된장국이다. 너무나 소박하다.

'그래, 나 정말 잘했어' 하는 성취감이 너무나 미약하다.

'있으면 먹기야 하겠지만…… 까짓것 오늘은 생략해버리지 뭐' 하는 생각이 슬금슬금 고개를 든다. 그런 날이 반복되다 보면 된장국의 지위는 점점 더 낮아지고 '있어도 그만 없어도 그만인 것'이 되어버린다. 그러면서 만들려는 의욕이 완전히 사라지고 만다.

그런 날들에 변화가 찾아온 계기는 직장 생활을 할 때 도시락을 싸면서부터였다.

신문사에서 데스크라는 직책을 맡게 되면서 저녁때도 점심때도 자리를 지켜야 했고, 회사 식당이 있긴 했지만 매일 같은 밥을 먹는 것이 지겨워졌다. 그래서 생각해낸 것이 도시락이었다.

하지만 도시락이란 식은 음식이다. 매일 식은 밥을 먹다 보면 따뜻한 음식이 먹고 싶어진다.

그래서 편의점에서 인스턴트 된장국을 사 먹게 되었다. 특히 '생된장 타입'을 좋아했다. 건조시킨 건더기와 함께, 튜브에 들어 있는 된장을 국그릇에 짜 넣어 물만 부으면 된다. 도시락 생활의 만족도는 단번에 상승했다.

그렇게 매일 된장을 짜다가 문득 생각했다. '꼭 튜브 된장을 짤 필요가 있을까……?'

된장을 한 팩 사서 회사 냉장고에 넣어두었다가, 한 스푼씩 국그릇에 넣으면 되지 않을까? 건더기도 마른 미역과 후*면 충분할 테고.

그럼 육수는?

그렇지. 가다랑어포를 국그릇에 넣으면 되지.

이렇게 책상 서랍 안에 가다랑어포 팩까지 넣어두게 되었다. 가끔 이 사이에 낀다는 단점은 있지만 뭐 어때, 내 입 안에 낀 건데, 꼭꼭 씹어 삼키면 되지.

---

* 麩. 소금을 넣은 밀가루 반죽. 건조시켜 사용하는 가공식품.

만들다 보니 내 된장국은 진화를 거듭했다.

건더기로는 시판하는 것뿐만 아니라 베란다에서 말린 채소도 넣었다. 팽이버섯, 무, 양파, 양배추……

그러다 보니 점차 육수용 가다랑어포는 넣지 않아도 충분히 맛이 있었다. 아니, 오히려 가다랑어포를 넣으면 그 맛이 지나치게 강렬해서, 건더기로 무엇을 넣든 그 맛밖에 나지 않았다. 물론 맛있긴 하다. 하지만 늘 같은 맛이다.

결국, 놀랍게도 가다랑어포가 아니더라도 모든 식재료에 감칠맛이 있다는 것을 깨닫게 됐다. 가다랑어포와 다시마를 사용해야 '육수'가 된다고 생각했는데, 감칠맛은 일부 엘리트 식재료에만 있는 것이 아니었다. 종류와 정도가 다를 뿐, 모든 식재료에는 저마다의 감칠맛이 있었다.

어쩌면 사람도 그런 게 아닐까, 그런 생각을 했다.

최강!
말린 팽이버섯

그러면서 어느새 이 방법은 도시락뿐만 아니라 집밥에도 충분히 적용할 수 있겠다는 생각이 들었다. 그래, 일부러 냄비까지 준비하지 않더라도, 국그릇에 된장과 건더기를 넣고 뜨거운 물을 부으면 돼. 그러면 너무 많이 만들어 냄비에 남은 된장국 때문에 처치 곤란해할 필요도 없지. 간단해서 스트레스 프리, 그리고 맛도 있고.

그러면 끼니마다 된장국을 먹을 수 있겠네! 그래, 이보다 더 좋을 순 없지!

다시 말하지만 이나가키식 된장국의 핵심은 '말린 채소'를 넣는 데 있다.

냉장고가 없는 터라 남은 채소를 보관할 주요 수단이 건조이기 때문에 베란다에는 말린 채소가 사시사철 이십사 시간 대기하고 있다. 베란다에서 적당히 집어 와 국그릇에 넣기만 하면 된다. 그런데 이게 대견하리만치 우등생이다.

　우선 첫째, 건조되는 동안 태양이 반쯤 익혀주기 때문에, 다시 말해 반쯤 요리를 해주기 때문에 뜨거운 물만 부어도 바로 먹을 수 있다.

　예를 들어 아침에 양파를 썰어 베란다에 두었다가 저녁에 집에 들어와 축 처진 양파에 된장과 뜨거운 물을 부으면 절묘하게 익은 양파 된장국이 완성된다.

　생양파일 경우 냄비로 몇 분을 펄펄 끓여야 먹을 수 있는데 태양은 가스레인지 못지않은데다 모든 이에게 공짜다. 쓰지 않으면 그야말로 낭비다.

　둘째, 말린 채소는 맛이 진해지고 감칠맛도 강해진다. 그래서 굳이 가다랑어포를 넣지 않더라도 감칠맛을 듬뿍 느낄 수 있는 된장국을 만들 수 있다. 생채소로는 그렇게까지 국물 맛을 내기란 불가능하다.

　이런저런 것들을 종합해서 여러분께 권해드리는 최고의 된장국 건더기는 말린 팽이버섯!

근처 채소 가게에서 큰 봉지 두 개에 100엔 할 때엔 얼른 집어 장바구니에 넣는다. 팽이버섯은 할인행사가 잦은 채소다. 아마 상하기 쉬워서 그런 게 아닐까. 상하기 전에 팔아야 하니까.

팽이버섯은 냉장고에 넣어두면 금세 물컹물컹해진다. 구입 후 바로 먹어야 하는 식품 중 하나다. 그러나 난 그런 걱정에서 자유롭다. 집에 들어오면 바로 꺼내 대충 가늘게 찢은 다음 베란다에 있는 소쿠리에 펼쳐둔다. 물기가 많은 녀석들도 화창한 날이면 반나절 만에 지푸라기처럼 퍼석퍼석해진다.

말린 팽이버섯에는 감칠맛이 그득하다! 날것엔 없는 꼬들꼬들한 식감 역시 못 견디게 맛이 있다.

생각해보니 말린 표고버섯을 불린 물이 맛있는 육수가 된다는 건 익히 아는 사실이니, 같은 버섯류인 팽이버섯이 밀릴 이유가 없다. 물론 표고버섯, 느타리버섯 모두 다 말릴 수는 있다. 그러나 건조 시간, 가격, 맛을 고려하면 역시 팽이버섯을 부지런히 말리게 된다.

무엇이든 말려보자

　요즘엔 마트 같은 데서도 '말린 대파' '말린 우엉' 같은 다양한 건채소를 판다. 시골 직판장에도 말린 해조류와 채소, 후 같은 것들이 섞여 있는 '된장국 팩'이 종종 눈에 띈다.

　물론 그런 것들을 사도 무방하다. 된장과 뜨거운 물을 섞어 그 건더기들을 같이 넣으면 정말 쉽게 된장국이 완성된다는 걸 체험할 수 있으니까. 틀림없이 '요리'가 손쉽고 편안하게 느껴질 것이다.

　그러나 일부러 건조된 것을 살 필요는 없다.

　내가 실제로 채소를 말려보니, 돈을 주고 말린 채소를 산다는 게 답답하게 느껴질 정도다. 직접 말리는 게 사는 것보다 훨씬 싸고, 무슨 채소든 마음껏 말릴 수 있기 때문이다. 말려서 팔지 않는 채소도 얼마든지 말릴 수 있다.

말리는 법도 아주 쉽다. 채소가 남으면 사람들은 랩에 싸서 냉장고에 넣어두곤 하지만, 잠깐!! 그 채소를 적당히 썰어 베란다나 볕이 잘 드는 창가에 놓아보자.

날씨에 따라 다르겠지만, 비만 조심하면(비에 젖으면 금세 곰팡이가 피기 때문에) 아주 알맞게 시들해진다. 바싹 말릴 필요는 없다. 반건조 상태로도, 된장국 건더기뿐만 아니라 볶음, 조림, 튀김 같은 요리의 식재료가 될 수 있다.

다시 말해, 채소의 보관 장소를 '냉장고'에서 '베란다'로 옮기기만 해도 요리에 드는 품과 시간을 놀랄 만큼 줄일 수 있다!

당신이 회사에서 일을 하는 동안에도, 집에서 청소를 하고 장을 보는 사이에도, 햇빛이 알아서 조리를 해준다. 월급도 휴가도 요구하지 않고 묵묵히 일을 한다. 햇빛은 무조건적인 사랑을 쏟아붓는다. 참으로 고마운 존재이다.

다음은 팽이버섯 이외에 된장국 건더기로 추천하고 싶은 건채소 후보들.

무

양파

대파

양배추

배추

된장국에 넣을 크기로 미리 잘라서 말린 다음 국그릇에 그대로 넣기만 하면 된다.

아무것도 없을 땐
미역과 후, 그리고 가다랑어포

이건 더 이상의 설명이 필요 없다. 제목 그대로다.

건미역과 후를 준비해두면 말린 채소가 없어도 얼마든지 훌륭한 된장국을 만들 수 있다. 미역과 후와 된장을 국그릇에 넣고 뜨거운 물을 붓기만 해도 '미역 & 후 된장국'이 완성된다.

개인적으로 '후'를 무척 좋아한다. 부드럽고 매끈하고, 먹을 때마다 마음에 행복의 등불이 켜진다. 오래 두어도 괜찮고 뜨거운 물만 있으면 순식간에 익는다. 결점이 하나도 없다. 마트에 가 보면 튀긴 후, 평평한 후, 공 모양 후 등등 지역 색이 있는 가지각색의 후가 있다. 그걸 하나하나 먹어보는 것만으로도 즐거워진다.

그리고 아주 당연한 말이지만, 가다랑어포를 넣고 된장을 풀기만 해도 가다랑어포 향이 가득한 밥상이 완성된다.

모처럼 맛있는 가다랑어포를 넣을 땐 잘게 썬 쪽파를 듬뿍 넣는다. 가다랑어포의 바다 향과 신선한 쪽파의 향이 절묘한 조화를 이룬다. 물론 쪽파는 익히지 않는 편이 더 맛있기 때문에, 국그릇에 된장과 가다랑어포와 쪽파를 넣은 뒤 뜨거운 물만 부어 먹는다.

맛있는 된장국은
당당한 메인 메뉴

물론 이런 인스턴트식 말고 제대로 된 국을 만들어선 안 된다는 법은 없다.

냄비를 이용해 시간을 들여 만드는 된장국.

그건 그 나름대로 훌륭한 식사가 된다.

나는 겨울철 저녁식사는 가급적 된장국을 먹기로 정해두었다.

메인 메뉴가 된장국.

응? 그것뿐? 심하지 않나?

그런 생각을 하고 있는지도 모르겠다.

그런데 편견이다. 아니, '된장국'이라 부르기 때문에 상상력이 좁아지는 건지도 모르겠다. 된장 맛 전골. 혹은 건더기가 가득 든 된장 맛 수프. 그렇게 바꿔 부르면 당당한 저녁식사 이미지가 떠오르지 않을까.

자, 그럼 그 맛있는 된장국 요리법.

우선 냄비에 물과 잘게 자른 다시마와 건더기를 넣고 끓인다. 모처럼 정식으로 된장국을 끓이는데, 평소엔 넣지 않는 '다시마'라는 걸 써볼까. 때는 이때다, 끓여야 먹을 수 있는 채소를 넣어야지. 토란. 고구마. 호박. 당근. 무. 우엉. 이런 채소들은 몸을 따뜻하게 해주니 겨울엔 안성맞춤이다.

그리고 유부를 잊어선 안 된다. 이게 또 행복하고 부드러운 맛을 더해준다. 기름기가 몸도 따뜻하게 해주고.

예를 들어 어느 겨울날 저녁 밥상은 이렇다.

토란과 대파와 유부를 잘게 깍둑썰기 해 채 썬 생강과 함께 다시마가 들어 있는 냄비에 넣고 끓인다.

채소가 부드러워지면 된장과 술지게미를 푼다. 아주 추운 날엔 참기름을 두르기도 하고.

이걸 후후 불어가며 먹는다.

그리고 잊어서는 안 될 술!

실은 채소를 익힐 때 도쿠리도 함께 넣어 데워둔다. 휴대용 버너 하나로 모든 것을 해결하기 때문에 귀중한 에너지원을 함부로 낭비할 수 없다.

된장국에 가득 든 건더기를 건져서 후후 불어 먹으며, 뜨겁게 데워진 맛있는 술을 홀짝홀짝 마신다. 하아~ 하고 길게 숨을 내쉬며 겨울밤을 만끽한다. 히터를 켜지 않아도 어느새 땀이 배어 나온다. 온천에 몸을 담근 것 같은 행복감이 밀려온다.

내 겨울 밥상은 늘 이런 식이다. 나는 이것으로 족하다.

4

나머지는
제철 채소만 있으면

강력 추천 '염가 삼총사'

프랑스 파리의 시장

상당히 오래전 일인데 언니네 식구들이 파리에 산 적이 있었다. 그래서 여름휴가 때마다 의기양양 파리로 날아가 언니네가 사는 아파트에 묵곤 했다. 되돌아보면 그 몇 해가 꿈처럼 우아한 시간이었다.

제일 즐거웠던 일을 꼽아보면, 매일 장을 보는 언니를 따라 근처 재래시장에 가는 일이었다.

시장! 파리 그 자체♡

언니는 그때 성장기 아이들을 키우던 중이라서 아무리 장을 봐도 모든 재료가 금세 바닥이 났다. 시장 가판대에서 물건을 파는 파란 눈의 아주머니와 대화를 나누며(대화라기보다는 손짓 발짓이었지만) 장바구니 가득 채소와 과일과 고기를 집어 담는 일은 무척 가슴 뛰는 경험이었다.

언니는 프랑스에서는 '감자와 당근과 양파'만으로 살아야지 생각하면, 돈이 많지 않아도 어떻게든 살 수 있다고 했다. 이 세 가지 채소가 굉장히 싸다는 말이었다. 구체적인 가격은 잊어버렸지만 잔돈을 아주 조금만 지불하면 두 손으로 감싸 안아야 할 만큼 많은 감자를 건네받곤 했다.

그런데 생각해보면 이 세 가지는 모두 '포토푀'의 재료다. 아, 그 프랑스 스튜 요리가 원래는 '가난한' 요리였구나. 그런 재료로 그렇게 세련된 요리가 만들어지다니.

돈이 없어도 세련되게 살아갈 수 있다.

과연 프랑스. 파리는 정말 멋져!

……진심으로 감동했다.

하지만 지금의 나는 다시 이렇게 단언할 수 있다.

난, 바보였다. 우리는 파리에 전혀 뒤질 게 없다.

'제철'의 위대함을
깨우치다

스스로 요리만 할 수 있다면, 식비가 거의 들지 않는다는 사실을 깨달은 건 사실 최근의 일이다.

돌이켜보니, 계속 요리를 해왔고 식재료 가격에 나름 신경을 쓰고 있다고 생각했는데 전혀 아니었다.

요리책을 뒤적이다가 '오늘은 토마토 요리를 만들어야지!' 마음먹고 장을 보러 나가면, 비록 마트 토마토 코너 옆에서 무가 아주 싸게 팔리고 있어도 그쪽에는 눈도 돌리지 않았다.

'안중에 없다'는 말은 그럴 때 쓰는 말이었다.

그러다가 십 년 전, 시코쿠 가가와 현으로 전근을 가게 되어 근처 채소 직판장에 다니게 된 것이 뜻밖의 전환점이 되었다.

지금이야 채소 직판장이 시골이나 도심에서나 이벤트다 뭐다 대중적으로 알려지게 되었지만, 당시엔 익숙지 않은 광경이었다. 그래서 그냥 호기심에 들르곤 했는데 그런 내 눈에도 눈앞에 보이는 가격이 놀라울 정도였다.

배추나 무처럼 큼지막한 채소도, 산더미처럼 쌓아놓은 오이와 가지도, 호박 한 덩어리, 한 소쿠리 가득한 버섯들도, 모두가 대체로 100엔이었다!

마트에서 채소를 사고 있을 때가 아니었다. 휴일마다 직판장에 가서 채소를 한아름 안고 계산대에 갖고 가도 대략 500엔! 나 정말 장보기에 일가견이 있는 것 같아, 하고 혼자 쿡쿡 웃으며 우월감에 빠져 지냈다.

그러다가 나는 중요한 사실을 깨달았다.

싸기는 엄청 쌌다. 하지만 직판장에서 파는 채소는 너무 '자기중심적'이었다.

예를 들어 내가 직판장에서 처음 빠진 채소는 순무였다. 도심 마트에서는 구경조차 하지 못했던 탓에 눈에 띄면 무조건 사서 초절임을 만들어 기쁘게 먹었는데, 언제부터인가 직판장 여기저기를 돌아다니면서 눈을 씻고 찾아봐도 찾을 수 없게 되었다.

그뿐만이 아니었다. 나는 무를 참 좋아하는데 어디에서도 팔지 않는 날이 있었다. 뭐야, 흔한 채소인데 왜 안 팔지??

얼마 지나지 않아 그 이유를 알 수 있었다.
채소는 일 년 내내 수확되는 게 아니었다. 종류에 따라 수확 시기가 달랐다.

……이쯤 되면 많은 분들이 '바보야?' 하고 생각할 것이다. 변명 같겠지만 나도 채소에 '제철'이 있다는 것쯤 알고는 있었다. 하지만 다시 생각해보면 그건 정말 '머리로만' 아는 수준이었지, 실제로는 전혀 체감을 못하고 있었다.
다시 직판장 채소를 자세히 관찰해보니 채소의 제철이란 아주 분명했다. 아니, 융통성이 전혀 없었다.
예를 들어 토마토와 오이와 가지와 피망은 장마철이 지나고 무더위가 시작돼야 겨우 모습을 드러낸다. 토마토 샐러드를 먹고 싶어도 언제나 먹을 수 있는 게 아니다. 여름 한정 메뉴인 것이다.
하지만 마트에는 토마토가 없는 계절이 없다.
그럼 마트에 가서 사면 되지 않냐고? 그야 그렇다. 하지만 문제는 내게서 그럴 마음이 싹 사라지고 말았다는 것.
왜냐고요?

제철 채소가 너무 싸니까요! 아니, 제철이 아닌 채소가 비싼 것이다. 겨울에 마트에서 사는 토마토는 정말이지 비싸다.

이것이 나와 제철의 조우였다.

제철은 싸다. 싸도 너무 싸다.

하긴, 제철 채소가 싸다는 말은 교과서에도 나오는 것 같다.

하지만 마트에서는 일 년 내내 수많은 종류를 특가판매하기 때문에 뭐가 싸고 뭐가 비싼지 알기가 힘들다. 어느 겨울날, 350 엔 하는 토마토가 오늘은 298엔이라고 붉은 글씨로 커다랗게 쓰여 있으면, 싸다! 하며 덥석 집어 들고 만다.

이렇게 제철 감각에 늦게 철이 든 내가, 계절별 채소 중에서도 자신 있게 권하는 '염가 삼총사'를 소개하겠다.

이 세 가지 채소로 먹고 살다 보면 분명 '식비가 따로 필요한가?' 하는 생각이 들 것이다. 물론 직판장이 근처에 없더라도 가까운 채소 가게나 마트에서도 충분히 저렴하게 이용할 수 있다.

염가 삼총사 대공개

여름 삼총사 - 가지, 오이, 피망

한 봉지에 대략 100엔.

토마토는 좀 고급 재료라 뺐지만, 이 녀석도 여름엔 싸고 맛있다. 여름의 여왕님이시다.

가지

구운 가지는 맛은 있지만, 요리하기가 꽤 까다롭다. 그래서 이건 프로 요리사에게 맡겨 외식할 때만 먹기로 했다. 가지튀김도 마찬가지. 정말 좋아하지만, 집에서는 만들지 않기로 결심했다.

내가 만드는 건 오로지 세로로 잘라 칼집을 내어 된장을 바르고 프라이팬에 올린 다음(된장 바른 면을 위로 향하게) 뚜껑을 덮어 굽는 요리다. 말이 필요 없는 진미. 핵심은 꼭지를 따지 않는 것이다. 거짓말이라고 생각하시겠지. 하지만 그 꼭지가 정말 맛이 있다. 속는 셈치고 꼭……

식욕이 없을 때면 가지 소면이라는 요리도 만들어 먹는다. 전에 근무했던 가가와 현 향토요리 책에서 배운 요리인데, 적당히 자른 가지를 멘츠유 국물에 끓여 삶은 소면에 부어 먹는다. 식욕이 없다는 사실은 까맣게 잊은 채 자꾸만 젓가락이 간다.

오이

오이는 몸의 열을 내려주는 재료다. 에어컨 없이 사는 나는 날씨가 더워지면 오이가 당기곤 한다. 무더운 날일수록 더욱 맛이 있다. 적당히 잘라 된장에 찍어 먹는다.

좀 더 여유가 있을 땐 대충 잘라 소금을 뿌려 꼭꼭 주무른다. 그렇게 물기를 짠 다음 식초와 고추기름, 두반장(혹은 고추장) 같은 조미료를 섞어 잠시 둔 다음 색깔이 튀튀해지면 먹는다. 여름에는 신맛이 식욕을 돋운다.

그리고 믿기지 않겠지만, 오이는 볶아도 맛있다. 기름으로 볶아 소금과 후추를 뿌려도 되고, 된장 혹은 식초와 간장으로 한 번씩 맛을 본 다음 좋아하는 맛으로 요리해보자. 나는 식초를 듬뿍 뿌린다. 유부와 같이 볶는 것도 좋아하고.

여름엔 오이 초밥도 자주 만들어 먹는다. 얇게 떠서 소금으로 조물조물한 다음, 채 썬 유부나 찐 멸치와 섞어 초밥을 만든다. 양하나 햇생강을 채 썰어 밥에 섞어도 좋다. 상쾌한 여름 초밥의 완성이다.

피망

피망은 정말 싸다. 보통 한 묶음에 100엔. 너무 싸서 미안할
지경이다. 그래서 부지런히 사다 먹는다.

내가 가장 좋아하는 요리는 프라이팬에서 약 불에 통째로 천
천히 굽는 것이다. 식용유도 필요 없다. 부드러워질 때까지 잘
구운 다음 간장이나 폰즈를 뿌려 날름 집어먹는다. 와, 입 안에
서 녹을 것만 같다! 게다가 잘 구워진 껍질에서 나는 고소한 향
기가 절묘하다. 엄청난 맛. 물론 씨까지 전부 먹을 수 있다.
덧붙이자면 구워 먹을 때뿐 아니라 나는 웬만해서는 피망 씨
를 버리지 않는다. 피망 씨는 딱딱하지도 않고 이에 부딪치지도
않는다. 음식물 쓰레기도 줄일 수 있고, 씨는 영양가도 풍부하
다. 그리고 무엇보다 피망 씨를 싱크대 여기저기에 튀기지 않아
도 되니 피망 요리가 싫지 않다. 샐러드에 넣을 때에도 듬성듬
성 썰어 씨째 먹는다. 씨가 있어도 아무런 문제가 되지 않는다.
그래서 생으로 가늘게 썬 다음, 된장이나 간장, 폰즈, 고추기

름, 아무튼 좋아하는 맛으로 섞어주면 즉석요리 완성. 여름이구나!! 하는 맛. 눈물이 날 것 같은 맛이다.

어렸을 땐, 피망 따위 세상에서 사라졌으면 좋겠다고 생각했다. 피망님, 미안해요. 이제 당신은 나의 밥상의 꽃이랍니다.

자, 그럼 추가로 공개하는 여름 삼총사 활용 요리법.

쌀겨절임

무엇보다 쌀겨절임이 가장 맛있다. 가지도 오이도 피망도. 큼지막한 토마토는 절이기 힘들지만 방울토마토는 꼭 도전해보시길. 이것만 있으면 사실 다른 반찬은 필요가 없다. 밥반찬으로도 술안주로도 손색이 없다. 여름은 쌀겨절임의 계절이다.

하지만 시간적 여유가 있어서 더 정성을 들이고 싶을 때, 이 쌀겨절임을 이용해 다양한 요리를 만들어보자.

이걸 요리라 불러도 될지 모르겠지만, 쌀겨절임 위에 좋은 올리브유를 한 방울 떨어뜨린다. 쌀겨와 올리브유 향이 절묘하게 섞이면서 놀랍도록 맛있어진다. 정말이다. 이건 꼭 한 번 시도해볼 가치가 있다.

그리고 좀 더 변화를 준다면, 올리브유를 떨어뜨린 쌀겨절임에 굵게 간 후추를 뿌려준다. 위에 치즈를 올리고(혹은 치즈 위에 절임을 올리고) 먹는다.

아아, 으음, 와아…… 이보다 더 우아한 술안주를, 나는 먹어본 적이 없다.

발효식품은 서로 잘 어울리기 때문에 여러모로 시도해보면 좋다.

다음으론 볶음 요리. 쌀겨절임을 볶음용 재료로 쓴다. 맛이 이미 배어 있기 때문에 조미료는 아주 조금만 써도 괜찮다. 내가 좋아하는 조합은 튀김두부. 물론 다진 고기 같은 재료와도 잘 맞는다. 맛을 보면서 좀 모자라다 싶으면 소금, 간장, 폰즈, 무엇이든 입맛대로 약간만 넣어보자.

샐러드 재료로도 제격이다. 양상추나 크레송 같은 샐러드 채소를 적당히 손으로 자르고, 채 썬 쌀겨절임을 넣어 참기름이나 올리브유와 폰즈를 뿌려 살짝 섞어두면 된다. 다시 말해 샐러드 재료에 생채소뿐 아니라 쌀겨절임을 넣는 것인데, 이것만으로도 어른들이 좋아하는 맛이라 술안주로도 잘 어울리는 샐러드가 된다. 좀 더 다양한 재료를 써서 건포도나 깨, 견과 종류를 뿌리면 업그레이드가 되고, 달걀이나 고기를 더하면 배가 든든한 샐러드가 된다.

혹은 잘게 칼질한 낫토와 섞기도 한다. 낫토 역시 발효식품이니까. 당연히 술안주로도, 밥반찬으로도 안성맞춤이다.

물론 야키 소바나 볶음밥 재료로도 아주 좋다. 적당한 크기로 잘라 참기름을 두르고 밥과 함께 고슬고슬 볶은 다음 가다랑어포와 섞으면 금상첨화. 가다랑어포도 발효식품이니까. 고기나 멸치, 달걀을 더하면 뱃속이 든든해진다. 마지막에 간장을 살짝 뿌리면 끝.

여름에 소면이나 소바를 먹을 때 채 썬 쌀겨절임을 올리고 그 위에 멘츠유나 폰즈를 뿌려도 좋다. 오일을 뿌리면 샐러드 느낌이 난다.

흠흠, 이상으로 쌀겨절임 시리즈를 전해드렸습니다.

된장국
가지와 토마토를 된장국에 넣어보시길.

가지는 걸쭉하게 풀어져 엄청난 맛을 낸다. 세로로 가늘게 채 썬 양하를 넣으면 궁합이 아주 좋다.

토마토는 된장국과는 어울리지 않을 것이라고 생각하기 쉽지만, 속는 셈치고 한번 저질러보시길. 적당히 잘라 넣기만 해도 상큼한 국물 맛을 낼 수 있다. 빨간 색감이 식욕을 돋우기 때문에 나는 해장을 할 땐 반드시 이 토마토 된장국에 식초를 뿌려 마신다.

된장볶음
여름 채소는 된장 맛과 무척 잘 어울리므로 된장볶음을 적극 추천한다.

채소는 한 가지든 여러 가지 종류를 섞든 상관없다. 제일 궁합이 좋은 건 가지와 피망. 여기에 튀김두부를 넣어 먹으면 배가 든든해진다. 토마토와 튀김두부를 넣어 볶아도 무척 맛있다. 물론 좋아하는 종류의 고기를 넣어도 좋다.

겨울 삼총사 - 무, 파, 배추

이 재료들 역시 놀라울 만큼 싸다. 엄청나게 큰 무와 배추가 한 개에 100엔 하는 일도 허다하다. 커다란 무 하나를 다 먹으려면 매일매일 무로 한 상을 차려도 일주일은 걸린다.

하루에 15엔이 드는 셈인가?

이 정도면 식비가 따로 필요 없을 지경이다.

무

커다란 무 하나를 사 왔다면?

우선 무청을 적당한 크기로 자른다. 무청은 된장국 건더기로도 쓸 수 있고, 두부나 튀김두부와 함께 볶아 간장으로 맛을 내면 아주 맛있다. 가다랑어포를 뿌리면 더 맛있고.

소금을 넣어 조물조물하기만 해도 맛있다. 으깬 깨와 섞어 간장을 살짝 뿌리고 밥에 섞어 먹는다. 마트에 가면 무청이 버려져 있는 모습이 보이곤 하는데 그걸 들고 오고 싶어 좀이 쑤시지만, 부끄러워 차마 실행에 옮기지는 못했다.

그렇게 먹고도 남으면 말린다. 잘 말린 무청은 언제든 즉석 된장국 건더기로 쓸 수 있다.

그리고 몸통.

우선 아래 반을 채로 썰어 베란다에서 말랭이를 만든다. 무말 랭이는 된장국 건더기로 쓸 수도 있고, 물에 불려 식초를 뿌리면 샐러드처럼 먹을 수도 있다. 유부나 냉동 건조 두부를 섞어 간장 맛으로 조리면 엄마 손맛이 난다.

위쪽 반은 밖에서 말린다. 그러면 시들해지면서 조금씩 졸아든다. 이게 바로 앞서 밥반찬으로 소개한 '말랭이 무'다! 내게는 완전 소중한 반찬이다.

이걸 크게 잘라 조리면 무 조림. 이미 햇빛이 반쯤 익혀준 상태라 조리 시간이 별로 들지 않고 맛도 진하다. 유부나 건표고, 좀 더 배불리 먹고 싶을 땐 방어 머리나 베이컨과 함께 조리면 진수성찬이 따로 없다.

그리고 강판에 갈면 역시 앞서 소개한 '말랭이 무즙'. 말랑말랑해서 쉽게 갈 수는 없지만, 일단 맛을 들이고 나면 평범한 무즙은 더 이상 먹기가 싫어진다. 말랭이 무즙은 맛이 짙고, 무척 와일드한 식감이 느껴지는 반찬이다. 튀김두부, 생선구이 혹은 불고기에 푸짐하게 곁들여도 맛있지만, 폰즈를 뿌리기만 해도 좋고, 색다른 맛을 내고 싶을 땐 올리브유나 참기름을 살짝 두른다.

시간이 있으면 국자에 참기름을 붓고 연기가 날 때까지 가열한 다음, 폰즈를 뿌린 무즙 위에 붓는다. 지글지글 소리가 나는 그 무즙을 현미밥 위에 올려 먹어보시길.

이걸 먹어보면 진수성찬에 대한 고정관념이 뒤집힌다. 인생관이 달라진다. 그런 의미에서 아주 위험한 요리다. 하지만 당신이 만약 지금 인생의 막다른 골목에 갇힌 느낌이라면, 충분히 도전해볼 가치가 있을 것이다.

파

파는 삶든 굽든 어떻게 해도 좋다. 겨울 파에서 나는 단맛은 그저 놀랍기만 하다. 뭘 해도 맛있다.

가장 쉬운 파 요리는 된장국. 더 바랄 게 없을 만큼 맛있다.

내가 제일 좋아하는 된장국은 파와 호박을 넣은 된장국. 호박의 단맛과 매운맛이 감도는 미끈미끈한 파의 단맛이 어우러지면서, 겨울엔 매일 이 된장국만 먹어도 좋겠다 싶어진다. 이 된장국에 우동 면을 넣으면 된장 맛 전골 분위기가 난다.

그 외 추천하고 싶은 간단 요리는 '파 구이'다.

파를 송송송 썰어 그릇에 넣고 약간의 가루(밀가루나 쌀가루, 아니면 메밀가루 뭐든 좋다)를 뿌려 섞는다. 여기에 물을 약간 더해 살짝 진득해진 느낌이 나면 부침개를 부치는 요령으로 프라이팬에서 굽는다. 마지막에 굴 소스를 뿌리면 풍성한 요리가 되겠지만, 폰즈나 간장을 뿌려도 맛있다. 이것만 있으면 달리 술안주가 필요 없다. 다 필요 없고 파만으로 충분히 맛있다. 가다랑어포나 새우가루를 넣어도 좋겠지만, 이 소박한 요리에 맛을 들이면 이것저것 넣기가 싫어진다.

그리고 파의 초록 부분과 흰 부분을 모두 큼지막하게 썰어 참기름에 오래 구워도 충분히 맛있다. 소금, 간장, 폰즈, 된장, 무엇으로 맛을 내도 좋다. 세련된 요리로 만들고 싶으면 발사믹 식초와 간 생강을 넣어보자. 단맛, 신맛, 매운맛이 모두 들어 있는 훌륭한 조합이 된다.

배추

배추는 조리든 볶든 된장국에 넣든 다 맛있지만, 내가 꼭 권하고 싶은 방법은 두 가지다.

하나는 양배추 썰듯이 생배추를 가늘게 썰어 폰즈나 으깬 참깨를 뿌려 먹는 '배추 채'. 양배추 채보다 부드럽고 단맛이 기가 막혀서 사람들이 배추 채를 먹지 않는 게 의아할 정도다.

소금에 절인 다시마가 있으면 몇 가닥 더해 가볍게 조물거린 다음 올리브유를 뿌려 먹어도 맛있다.

다른 하나는 좀 어렵게 느껴지겠지만, 해볼 만한 가치가 충분히 있다고 믿는다.

바로 '배추절임'이다.

이 요리는 추운 겨울에 진가를 발휘한다. (춥지 않으면 곰팡이가 피어버리기 때문에.)

우선 배추를 반 혹은 4분의 1 크기로 갈라 밖에 며칠 놓아둔다. 그런 다음 적당한 크기로 썰어 소금으로 대충 간을 한다. 숨이 죽으면 절임 용기에 담고 마른 고추를 두 개쯤 넣어 누름돌을 얹는다. 그 위에 일대일로 배합한 식초 물을 한 컵 뿌려 이틀 정도 기다린다.

복잡하게 들리겠지만 사실 별게 아니다.

조심스레 뚜껑을 열면 물이 배추 표면까지 올라와 흰 막 같은 것이 떠 있다. 이 막이 바로 완성과 성공의 신호다.

아, 뭐랄까…… 이것만 있으면 다른 반찬은 필요가 없다. 게다가 100엔짜리 배추 한 통이면 혼자서 열흘은 먹고 살 수 있다. 지치지도 않고 매일. 그리고 이걸 이용해 다른 요리도 만들 수 있다. 이 배추절임과 함께 삼겹살을 볶거나 조리면 신맛이 식욕을 돋운다. 물론 튀김두부를 넣어 요리해도 좋다.

또 같은 소리지만 이 배추절임은 추운 겨울이어야 제맛이다. 제철 채소와 제철 조리법. 이 시기에만 먹을 수 있는 운명적 만남. 그러니 열심히 만들어 먹을 수밖에. 단 하나의 결점(?)은 배추절임만 있으면 다른 반찬에 손이 가지 않아 요리를 하지 않게 된다는 것. 그래도 그만둘 수 없다. 그만큼 맛있다. 아, 그리고 이 요리엔 가스요금도 들지 않는다.

제철이란 정말이지 무섭다.

사계절 삼총사 – 감자, 당근, 양파

파리에서뿐만 아니라 일본에서도 이 세 가지 재료는 계절에 상관없이 저렴하다. 포토푀처럼 우아한 요리가 아니더라도 고기 감자조림, 카레에는 이것만 있어도 충분하다. 고기는 저렴한 걸로 약간만 넣어도 되고 고기 대신에 캔 고등어를 넣어도 맛있다. 아무것도 없으면 이 세 가지만으로도 괜찮다.

감자

감자를 싫어하는 사람이 있을까. 그런 사람을 본 적이 없다. 나는 감자를 된장국에 가장 자주 넣는다. 특히 미역과 같이.

당근

사계절 삼총사 중 나는 당근을 가장 좋아한다.

샐러드로도 볶음으로도 조림으로도 먹을 수 있지만, 가장 자주 해 먹는 건 역시 쌀겨절임이다.

쌀겨절임은 그대로 반찬 삼아 먹어도 좋지만, 채소 볶을 때나

야키 소바, 오코노미야키를 만들 때 재료로 써도 좋다. 맛이 절묘하게 배어 있어 요리 레벨이 쑤욱 올라간다.

그리고 '카로트 라페'라는 프랑스 요리가 있는데 당근을 채 썬 다음 소금을 뿌려 짜고 드레싱을 뿌려 먹는 세련된 요리다. 그런데 어느 날 문득, 이거 쌀겨절임으로 만들면 되잖아, 하는 생각이 떠올랐다. 무엇보다 소금기가 이미 있고 물기까지 빠진 상태다. 소금을 뿌려 조물거릴 필요도 없이, 당근 쌀겨절임을 채로 썰어 올리브유를 뿌리기만 하면 된다. 이 아이디어가 떠오르자마자 우리 집 라페는 이 방식으로 정해졌다.

그리고 당근 조림.

소금으로 해도 되고 간장으로 해도 되지만, 내가 제일 좋아하는 맛은 된장 맛이다. 채 썬 당근을 반쯤 숨이 죽을 때까지 약불에서 천천히 볶다가 마지막에 된장을 넣어 섞는다. 물기가 빠진 당근은 무척 달고, 거기에 달고 짠 된장이 섞이면서 '당근 케이크'처럼 진득한 맛이 난다. 먹어본 사람들은 다들 놀란다.

그리고 카레 맛 조림도 맛있다. 닭 가슴살과 같이 볶아도 잘 맞는다.

양파

이처럼 넉살 좋은 친구도 없을 것이다. 국에 넣어도 좋고, 볶아도 좋고, 구워도 좋고, 생으로도 좋다.

게다가 오래 둘 수 있는 식품이라서 부엌에 늘 존재하는, 아주 든든한 친구다.

오늘은 양파 말고는 채소가 전혀 없는데, 하는 날에도 당황할 필요가 없다. 양파만 있으면 걱정할 게 없다.

생으로 슬라이스를 만든다. 구워서 폰즈를 뿌려 먹어도 산뜻해서 맛있다. 얇게 썰어 올리브유로 오래 굽고 거기에 물을 부으면 양파 수프가 된다. 달콤한 된장을 넣으면 순식간에 그라탱 수프가 된다. 노릇노릇하게 구운 빵을 적셔 먹어보시길.

내가 가장 좋아하는 것은 적당히 썬 양파를 참기름에 숨이 죽을 때까지 볶은 다음, 된장으로 간을 하고 마지막에 차조기를 손으로 잘라 넣어 마무리한 요리다. 달고 맵고 뱃속이 든든해지기 때문에 이것만 있어도 충분히 반찬이 된다.

200엔 밥상

이렇게 밥상을 차리면 돈이 줄어들 기미가 보이지 않는다.

농담이 아니다. 단순한 메뉴를 즐기고 내가 만드는 집밥을 너무 좋아하다 보니, 호화로운 외식과는 멀어지게 되었다.

문득, 지갑에 지폐가 없어도 며칠을 먹고 사는 나를 발견한다. 대체 한 끼에 얼마가 드는 거야?

오, 200엔이면 충분히 먹고도 남는다!

게다가 먹고 싶은 걸 참는 것도 아니다.

밥이 약 30엔, 된장국이 약 30엔, 쌀겨절임이 약 30엔이라고 치면 나머지 110엔으로 뭔가 다른 반찬을 만들어 먹을 수 있다. 예를 들어 튀김두부 반 모에 70엔이라고 하고, 무청이 그대로 있는 커다란 무가 100엔이니 그걸 6분의 1 정도 써서 같이 조리면 약 90엔이다.

무려 20엔이나 남는다!

배불리 먹고도.

예전 같았으면 한 끼에 200엔으로 산다는 말을 듣고, 컵라면으로 끼니를 때우는, 심신이 피폐해지는 전투 장면을 떠올렸을 것이다. 그런데 실제로 해보니 전혀 그렇지가 않다. 전투가 아니라 그저 평범한 일상이다.

기꺼이 이런 식생활을 하다 보니 역발상에 생각이 미쳤다.

어쩌면 한 끼에 200엔으로 밥상을 차려야 더 맛있는 식사를 할 수 있게 되는 건 아닐까.

일반적으로 1000엔이나 2000엔은 들여야 맛있는 한 끼를 먹을 수 있다고 생각하기 마련이다. 하지만 정말로 그럴까?

마트에 가서 눈에 띄는 식재료, 혹은 미리 사려고 정해둔 식재료를 열심히 장바구니에 넣다 보면 어느새 겨울 토마토, 여름 무 같은 제철이 아닌 것들이 당연한 얼굴을 하고 장바구니에 들어 있게 마련이다. 계산대에 서서 지폐를 자연스럽게 건네고 있는 나.

그러나 한 끼에 200엔으로 밥상을 차려야겠다고 마음먹으면 300엔이나 하는 반쪽짜리 무에 손이 갈 리가 없다. 다시 말해 결과적으로 '제철' 재료를 사지 않을 수 없다는 말이다.

일 년 내내 무엇이든 다 갖춰진 마트가 당연한 시대, 제철 채소가 무엇인지 열심히 써서 외우려고 해도 머릿속에 들어올 리 없다. 하지만 '200엔 밥상'으로 밥을 차리다 보면 자연히 제철 채소가 무엇인지 체득하게 된다.

채소뿐만이 아니다. 생선에도 제철이 있다. 제철 생선 가격엔 서프라이즈가 넘쳐난다.

가격이 싸니까 살림에 도움이 된다거나, 제철이 더 맛있다거나, 꼭 그런 이야기만이 아니다.

단지 추워진 것뿐인데, 그것을 신호 삼아 겨울이면 어김없이 등장하는 100엔짜리 거대한 무. 그 의리의 사나이를 마주하고 있으면, 다정하고 인심 후한 자연이 이 세상에 존재하는구나, 절감하게 된다.

사람은 결코 외롭지 않다. 200엔 메뉴를 꼭꼭 씹으며 살아갈 용기를 얻는다. 나는 하루하루, 그런 삶을 살고 있다.

생명력이 넘치는
재료들

식비가 이렇게나 줄다 보니, 자연스레 싸면 쌀수록 오히려 맛있는 음식을 먹을 수 있는 게 아닌가 하는 생각을 하게 됐다.

'많은 돈을 들여야 맛있는 음식을 먹을 수 있다'는 믿음에 대한 반동 때문인지, '어쩌면 돈을 들이지 않아도 맛이 있지 않을까?' 하는 발상으로 나아가게 된 것이다.

요즘엔 이 생각이 꼭 뜬구름 잡는 소리만은 아닌 것처럼 느껴진다.

이젠 봄철에 채소를 돈 주고 사는 게 이상할 정도다. 먹을 수 있는 게 지천이기 때문이다.

대표적으로 민들레, 쑥, 살갈퀴를 꼽을 수 있겠다. 이 녀석들은 대도시라 해도 도로변이나 공터에 자연스럽고 인심 좋게 피어 있다! 감사한 마음으로 캐서 쑥은 튀김으로 만들어 먹는다.

민들레는 간장조림이나 샐러드로, 살갈퀴는 데쳐 양념과 참깨를 뿌려 먹는다. 정말 숨넘어가게 맛이 있다. 사람 손으로 키운 채소와는 차원이 다른, 생명력이 넘치는 진한 맛이 난다.

하지만 아무도 그런 것들에 눈길을 주지 않는다.

식재료는 마트에서 사는 것이라고 다들 믿는다. 그리고 자기가 사는 재료가 신선하고 안전한지 확인하기 위해, '현명한 소비자'들은 유통 기간에 눈을 번뜩이고 성분 표시에 불을 켠다.

주변에 보이는 나물을 직접 수확하면 신선함은 확실히 보장받을 수 있다. 위생 문제를 걱정하는 사람도 있을 테지만, 까짓것 씻으면 되지, 나는 그렇게 생각하는 편이다. 기준 같은 건 스스로 정하면 된다. 마트에서 산 물건을 믿을지 말지 결정하는 것 역시 나 자신이니까.

대범하게 시선을 넓혀보면 먹는다는 것에서 좀 더 자유로워지지 않을까.

예를 들어 채소 껍질과 속, 그리고 씨.

레시피를 찾아보면 당연히, 벗기고 빼내라고 쓰여 있다. 다 버리라는 말이다. 쓰레기라면서. 정말?

나는 요즘 채소 껍질을 거의 벗기지 않는다.

우엉, 당근, 연근, 무 같은 채소 모두 통째로 쓴다. 모든 채소와 과일은 껍질째 먹는 게 가장 영양가가 높고 맛이 있다. 대범하게 요리를 하면 정말 편해진다. 껍질을 벗기는 과정이 어디 쉬운가. 그러니 껍질째 먹겠다고 작정하면 하나하나 벗길 필요도 없어지고 음식물 쓰레기 같은 건 생기지도 않는다. 좋은 일만 있다.

그뿐이 아니다. 모두가 '뭐라고?' 하며 놀라겠지만 껍질도 의외로 먹을 만하다. 그냥 먹을 수 있는 정도가 아니라 놀랄 만큼 맛이 있다.

예를 들어 토란 껍질. 이 말을 하면 다들 놀란 토끼눈을 한다. 껍질이 갈색이라서 흙이라고들 생각하는 모양이다. 이제 하다 하다 흙도 먹니? 나 역시 전에는 그것을 흙이라고 생각했다. 그런데 그 갈색은 아무리 열심히 씻어도 사라지지 않는다. 흙이 아니라 흙색 껍질인 것이었다.

껍질을 벗겨 그걸 튀기고 소금을 뿌려 먹어봤더니…… 기가 막힌 맛이 났다. 토란의 영양이 응축되어 있는 느낌, 땅콩처럼 고소한 향기!

그리고 수박 껍질. 수박은 엄청난 음식물 쓰레기를 만들어낼 수 있는 과일이다. 그런데 껍질에서 가장 바깥쪽에 있는 딱딱한 부분만 깎아내고 나머지는 소금을 뿌려 누름돌로 눌러두면 아주 맛있는 수박 껍질 절임을 만들 수 있다. 아련히 남아 있는 청춘의 달콤함 같은 맛이랄까. 이것 역시 예전에는 미처 알지 못했던 맛이었다.

그리고 누에콩 껍질을 잊어선 안 되지! 노릇노릇하게 구우면 마치 점보 피망처럼 매끈거리고 달콤해 정말 맛있다…… 이렇게 한도 끝도 없는 게 바로 껍질의 세계다.

채소뿐만이 아니다. 과일 껍질도 먹을 수 있다.

감과 사과 껍질. 물론 깎지 않고 껍질째 먹으면 되겠지만, 손님이 오실 때 깎아둔 껍질이 있다면, 오븐에서 저온으로 오래 구워 과일 껍질 칩을 만들어보시길. 과일 맛이 한껏 응축된, 이제껏 경험하지 못한 단맛을 알게 될 것이다. '세상에 이런 맛도 있었나?' 하고 틀림없이 놀라게 될 것이다.

그리고 감귤 껍질. 어떤 귤이건 나는 잘게 채를 썰어 햇빛에 바짝 말린 후 보관했다가 간식으로 먹는다. 그대로 먹으면 쓴맛이 너무 강하지만, 건포도 같은 건과일과 함께 차를 마실 때 같이 먹으면 무척 근사한 맛이 난다.

아직도 많이 남았다. 씨와 속.

피망 씨도 먹는다고 말한 바 있는데 피망만이 아니다. 호박이

나 여주 같은 채소의 씨와 속도 나는 빼지 않는다.

그중에서도 특필할 만한 것이 여주 씨와 속!

이상하게도 요리책마다 반드시 빼라고 쓰여 있다. 여주는 원래 쓴맛이 나는데 씨 주변 속은 쓴맛이 특히 강하니 반드시 빼야 한다고 적혀 있는 책도 적지 않다. 그래서 조금이라도 속이 남을까, 숟가락으로 꼼꼼하게 파내곤 했었다.

그런데 어느 날 문득 그런 생각을 했다. 여주라는 건 원래 써서 맛있는 거잖아. 쓴 게 싫으면 안 먹으면 되지 않나? 쓴맛에 여주를 먹는다면 속을 먹어서 나쁠 건 없을 것 같은데? 그래서 씨와 속이 든 채로 둥글게 썰어 튀김으로 만들어봤더니……

우와, 맛있잖아!

속은 거의 느껴지지 않았지만(다시 말해 특별히 쓰지 않았지만), 주목할 만한 것은 씨였다. 튀겨보니 식감이 바삭하고 고소한 견과류 맛이 났다! 버려지는 여주 씨를 모아다 튀겨서 장사라도 하고 싶은 심정이었다.

호박 씨는 좀 딱딱하긴 하다. 하지만 딱딱한 껍질 안에 맛있는 견과류 맛이 숨겨져 있다. 나는 간혹 다람쥐처럼 열심히 껍질을 벗겨 먹으며 유분을 보충하곤 한다.

……이렇게 쓰기 시작하면 한도 끝도 없으니 이쯤해서 그만두기로 하고, 아무튼 이런 일에 빠지다 보면, 내가 지금까지 '상식'처럼 버리고 말았던 것들이 실은 맛이 가장 농축되어 있는 '진짜'들이 아니었을까 그런 생각이 든다.

　껍질과 씨. 사실 딱딱하긴 하다. 잡미와 쓴맛도 없지 않다. 그러나 그건 채소와 과일 본연의 맛이 응축되어 있다는 뜻이기도 하다. 그렇게 생각하면, 부드러운 부분은 흐릿하고 밋밋한 맛, 어쩌면 '아직 아이'인 맛이 아닐까.

　맛이란 무엇일까. 사실 맛은 스스로 정하면 되는 것이다.

　이게 맛있다, 저게 맛있다, 세상에는 온갖 맛 정보가 넘쳐난다. 그러나 어쩌면 아직 경험해보지 못한 신비의 맛이 당신의 쓰레기통 안에 들어 있을 수도 있다.

　먹는 즐거움이란 실로 자유로울 수 있고 또 무한해질 수 있다.

이나가키 에미코,
이렇게 먹고 살아요

튀긴 두부완자와 말랭이 무즙
당근과 순무 쌀겨절임
말린 양배추와 팽이버섯을 넣은 된장국
김
현미밥과 매실 장아찌

'햇밥 날' 식단은 늘 이런 식이다. 갓 지은 밥맛을 온몸으로 느끼려면 반찬이 지나치게 맛있어서는 안 된다. 그러다 보니 메뉴가 거의 고정 멤버다. 료칸 아침밥이 따로 없다. 이날은 그나마 두부완자가 들어간 호화 밥상이었는데, 평소엔 무즙만 먹을 때도 많다. 이 다섯 그릇이 매화처럼 보여 나 혼자 '매화 정식'이라고 부르며 들뜨곤 한다.

말린 채소와 유부를 넣은 죽
순무와 햇생강 쌀겨절임

된장으로 간을 한 진한 맛의 죽. 남은 밥과 남은 채소와 유부에
물을 넣고 된장을 풀어 보글보글 끓이면 된다. 걸쭉하게 오래
끓이는 게 요령이다. 이 요리 하나에 밥과 국이 다 들어 있어 만
들고 치우는 게 편하기 그지없다. 덧붙이자면 냄비째 그냥 먹는
다. 본데없다고 생각지 마시길, 고상한 프랑스제 냄비니까!

당근튀김 덮밥
무즙
오이 쌀겨절임
후와 미역과 말린 팽이버섯을 넣은 된장국

베란다에서 키운 당근을 먹기 위한 요리. 초짜가 키우다 보니
정작 열매보다 잎이 더 무성하게 자랐다. 음, 잎과 줄기와 열매
를 전부 다 먹으려면 튀김밖에 없겠어! 튀김이 어렵게 느껴지
겠지만 메밀가루를 섞으면 바삭해진다. 딱히 튀김 장이 없어도
간장만 살짝 뿌리면 된다. 무즙을 듬뿍 올리고 날름, 꿀꺽! 으
음…… (기절).

속아내기를 게을리해도
쑥쑥 자라주시는 당근님.

튀김두부와 토마토와 부추를 넣어 만든 된장볶음
미역과 부추를 넣은 된장국
현미밥과 매실 장아찌

냉장고가 없는 싱글이 부추 한 단을 먹어 치우기 위한 상차림
이다. 부추를 볶고 튀김두부와 토마토를 넣어 푸짐하게 차린다.
튀김두부는 저렴하고 어떤 채소와 볶아도 잘 어울리는, 요리의
진정한 벗이다. 향신료를 적당히 뿌리면 금세 이국적인 맛으로
변신하니까, 집에서 화석이 되어 뒹구는 향신료를 활용해보자.

토마토는 말릴 때 곰팡이가 피기 쉽다.
방울토마토가 제격이다.

토마토와 말린 양파와 애호박이 들어간 신맛 나는 된장국
전립분 빵과 참깨 된장
당근 쌀겨절임과 생피망 무침(고추기름으로)
풋콩 쌀겨절임
뜨겁게 데운 술*

감칠맛이 나는 토마토는 적당히 잘라 넣기만 해도 붉고 신맛을
내는 최고의 된장국을 만들 수 있다. 육수가 따로 필요 없다. 더
운 날이면 여기에 식초를 더 넣어 먹는다. 상쾌한 바람이 몸을
뚫고 지나가는 기분을 느낄 수 있다. 거기에 뜨거운 술과 빵. 빵
에 버터를 발라도 맛있지만 내가 좋아하는 것은 참깨 된장. 참
깨 페이스트와 된장을 섞어 잘 구운 빵에 발라 한입 베어 문다.
그리고 뜨거운 술을 홀짝. 수프를 후루룩…… 아아, 영원히 지
속될 이 행복.

---

* 기모토노도부 – 나라 현 구보혼케에서 빚는 청주.

자색 양파, 베란다 채소, 당근 쌀겨절임을 넣어 만든 샐러드
뜨겁게 데운 술*

이것 역시 술안주 메뉴다. 청주, 그중에서도 뜨겁게 데운 술을
좋아하는 편인데, 한여름에도 차가운 음료로는 밥이 넘어가지
않는다. 그래서 자주 하는 저녁식사가 샐러드에 술. 남은 채소
와 쌀겨절임을 잘라 넣고 오일과 폰즈를 뿌려 섞는다. 푸짐하게
먹고 싶을 땐 유부나 삶은 고기를 넣기만 해도 속이 든든한 술
안주가 된다. 하지만 샐러드에 맥주나 와인은 너무 차갑다. 온
도의 균형이 중요하다고 혼자 흡족해하며 연거푸 술잔을 기울
이곤 한다.

---

* 히오키자쿠라(요자쿠라 라벨) – 돗토리 현 야마네슈조죠에서 빚는 청주.

튀김두부 된장구이
말린 팽이버섯과 말린 순무를 넣은 된장국
토란 쌀겨절임
현미밥과 매실 장아찌

점심은 보통 한 접시에 차린다. 치우는 게 편해서 시작했는데,
막상 해보니 그림을 그리듯 재미가 쏠쏠하다. 이날도 대충 튀
김두부를 굽고 된장을 올렸을 뿐인데 담아놓고 보니 뭔가 있어
보였다(고 생각한다).

말린 팽이버섯.
맑은 날엔 반나절이면 바짝 마른다.

이나가키식 간단 된장국
(물 붓기 전)

이나가키식 간단 된장국은 베란다 소쿠리에서 말린 채소를 적
당히 집어 와 된장 한 숟가락과 함께 국그릇에 넣어 뜨거운 물
을 붓기만 하면 된다! 별다른 건조 과정이란 것은 없고 남은 채
소를 베란다에 방치해둘 뿐인데 맛도 진해지고 꼬들꼬들하게
씹히는 맛도 좋은데다가 뜨거운 물만 부으면 먹을 수 있다. 일
석삼조, 좋은 점만 있어 미안할 정도다.

채소, 버섯류, 뭐든 말리면 모두 건더기가 되는 것 같다.
좀 딱딱해도 잘만 씹으면…… 괜찮다.

오이 쌀겨절임과 방울토마토와 바질을 넣은 냉국

냉국. 다시 말해, 차가운 된장국. 아니, 더 정확하게 말하면 '된장 물'이라고 불러야겠지. 된장을 물에 풀기만 하면 되니까. 여기다 생채소와 두부를 넣으면 끝이다. 여기다 밥을 넣고 말아 먹는데, 밥만 있으면 무더운 여름날에 불을 쓰지 않아도 '국 하나 반찬 하나'가 완성되는 셈이다. 이 얼마나 합리적인 요리인가! 다들 차조기를 넣는다지만, 나는 베란다에서 무성하게 자란 바질을 투척했다. 바질에 맞춰 방울토마토와 올리브유를 넣었더니, '이탈리안 냉국'이 되었다죠, 아마.

브로콜리와 당근 쌀겨절임을 넣어 만든 볶음밥
말린 팽이버섯과 말린 양파와 순무 잎을 넣은 된장국

딱딱해진 밥으로 자주 볶음밥을 해 먹는다. 볶음밥은 오히려 딱
딱해진 밥으로 만들어야 밥알이 잘 흩어져 좋다. 밥이 생각처럼
고슬고슬하게 지어지지 않았더라도 좌절하지 말자. "볶음밥용
밥이 지어졌구나!" 하고 기뻐하면 그만이다. 나의 볶음밥은 그
야말로 대충 요리. 전에 말한 작은 더치 오븐에 밥과 채소와 기
름을 잘 섞어 넣고 뚜껑을 닫은 후 중불로 가열하며 기다린다.
프라이팬을 흔들어 재료를 뒤집는 화려한 재주를 부릴 수는 없
지만, 이렇게 해도 나름 노릇노릇 고소한 볶음밥을 먹을 수 있
다. 마무리로 간장이나 폰즈를 지글지글 볶아 섞는다.

아보카도 초밥
말린 우엉과 말린 표고버섯을 넣어 만든 간장조림
당근 쌀겨절임
말린 팽이버섯과 미역과 후를 넣은 된장국

'초밥'이라고 하면 전문가 요리처럼 느껴져 엄두가 나지 않을
수도 있지만, 겁먹지 않아도 된다. 나는 초밥을 내 멋대로 확
대 해석하는데, 밥에 식초를 섞으면 초밥이라고 부른다. 일부러
'초밥용 식초'를 만들 필요도 없다. 식초면 뭐든 좋다. 현미 식
초든 폰즈든 매실이든 아무튼 신맛이 섞이면 다 초밥이다. 자,
그럼 이번엔 '아보카도 초밥'을 만들어볼까? 아보카도를 잘라
간장, 유즈코쇼*, 밥을 잘 섞기만 하면 된다. 응? 식초는 대체 어
디에? 어디긴, 유즈코쇼 안에 유자가 들어 있잖아! 유자는 신
과실이니 이것만으로 훌륭한 초밥이라 불러도 좋다.

---

* 유자와 풋고추를 갈아 페이스트로 만든 조미료.

토마토와 말린 양파를 넣어 만든 볶음 소면
곤약과 순무 쌀겨절임
말린 팽이버섯과 미역과 후를 넣은 된장국
뜨겁게 데운 술*

저녁으로 먹기에 현미가 부담스러워 면 요리를 해 먹는 경우도
많다. 그렇다고 뭐 대단한 요리를 하는 것은 아니다. 밥 대신 면
이 등장할 뿐. 하지만 면만 먹기도 거북해서 무언가를 섞어 먹
는다. 비빔밥 같은 느낌으로. 이날은 참기름에 볶은 말린 양파
와 토마토를 넣었다. 말린 양파와 토마토 대신 생채소를 넣고
기름과 폰즈를 뿌리면 소면 샐러드가 된다.

---

* 다마자쿠라(순미주, 사키가케) ― 시마네 현 다마자쿠라슈조에서 빚는 청주.

면을 삶을 때 술을 함께 데우면
시간과 열에너지를 활용할 수 있다.

튀김두부 쌀겨절임 구이
구운 방울토마토
자색 양배추와 당근 쌀겨절임을 넣은 샐러드
후와 미역을 넣은 된장국
뜨거운 술*

내 요리를 돌이켜보니 나는 저녁에 반주를 곁들일 때면 상당히
서두르는 감이 없지 않다. 이것저것 요리를 만드는 시간이 아까
운 것이다. 한시라도 빨리 술을 마시고 싶어 좀이 쑤신다. 그래
서 이날은 애용하는 작은 더치 오븐에 튀김두부 쌀겨절임과 방
울토마토를 넣어 뚜껑을 닫아두고는, 무를 갈고 양배추와 당근
쌀겨절임을 썰어 반주를 시작했다. 술꾼들은 대부분 이렇다. 튀
김두부 쌀겨절임은 붙어 있는 쌀겨까지 같이 굽는데, 구워진 쌀
겨의 고소한 맛이 일품이다. 평생 이것으로 술안주를 삼더라도
불만이 없다.

---

* 산인토고(기모토, 순미, 니고리) — 돗토리 현 후쿠라슈조에서 빚는 청주.

톳 연근
모로미 된장*을 얹은 방울토마토와 생피망
무즙
현미밥과 매실 장아찌

여름에는 생채소가 당기는데, 이게 또 밥과 절묘하게 어우러진
다. 거기에 모로미 된장을 더한다. '모로큐'** 응용편이라고 할
까. 내가 직접 만든 된장인데(에헴. 그런데 실은 엄청 쉽다), 이대
로 술안주로 삼을 수도 있고 쓰임새가 다양해 우리 집 보물이
다. 물론 시판하는 긴잔지 된장***이어도 좋다. 톳 연근은 톳과 연
근을 간장 맛으로 조린 것. 톳은 부드러운 부분을 쓰면 물에 불
리지 않아도 바로 요리해 먹을 수 있다.

---

* 간장을 만들 때 생기는 부드러운 고형 발효물을 섞어 만든 된장.
** 모로미 된장에 오이를 찍어 먹는 요리.
*** 볶은 대두에 보리누룩과 소금을 넣고 외, 가지, 생강 등을 잘게 썰어 넣은 후
회향, 산초, 차조기 등을 섞어 발효시킨 된장. 조미료가 아니라 밥반찬, 술안주로
먹는다.

지쿠젠니*
키오자 비트와 죽순 밑동 쌀겨절임
김
후와 미역과 말린 양파를 넣은 된장국
현미밥과 매실 장아찌

지쿠젠니를 무척 좋아하는데 뿌리채소를 부드러워질 때까지 익히고 맛이 스며들게 하기까지 많은 시간이 걸린다. 하지만 획기적인 방법을 개발해냈으니, 채소를 미리 말려두면 되는 것이다! 기름에 살짝 볶아 간장, 된장, 술 같은 조미료를 적당히 넣어 뚜껑을 덮은 다음 잠시 조리면 끝이다. 풍미가 짙고 식감도 훌륭해 더할 나위 없다!

———————————

* 닭고기와 우엉, 연근 같은 뿌리채소를 넣은 간장조림.

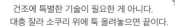

건조에 특별한 기술이 필요한 게 아니다.
대충 잘라 소쿠리 위에 툭 올려놓으면 끝이다.

데친 갯나물
양배추 오일찜
당근과 무 쌀겨절임
후와 미역과 말린 팽이버섯을 넣은 된장국
뜨겁게 데운 술*

오일찜은 채소를 썰어 참기름 혹은 올리브유와 소금을 넣어 뚜껑을 덮은 다음 잠시 익히면 되는 간단한 요리인데, 이게 참 맛이 있다. 부드러운 채소는 짧은 시간만 익혀도 된다. 아침에 만들어두면 맛이 배어 저녁에 먹기에 알맞다. 그 외에 갯나물을 살짝 데치기만 해도 술안주 그릇이 늘어나, 이자카야인지 가정집인지 모를 분위기가 난다. 그런데 요리하는 데 10분도 채 걸리지 않는다. 이자카야를 차리는 망상을 하면서 맛있게 먹는다.

* 벤텐무스메(순미주, 고햐쿠만코쿠) ― 돗토리 현 오타슈조죠에서 빚는 청주.

5

채소 쌀겨절임이
뭐가 어때서

쌀겨된장은 최고의 요리사

쌀겨된장 냄새 나는 여자

'쌀겨된장 냄새 나는 여자'라는 말이 있다.

칭찬이 아니다. 짧게 풀이하자면 '촌스러운 여자'쯤 될까.

아무리 화사하게 차려입고 근사한 곳에 가도 어딘지 모르게 축축한 부엌 냄새가 배어 있는 그런 여자를 칭한다.

어느 날의 일이다.

집에서 점심을 먹고 약속 장소인 근처 카페로 서둘러 갔다. 손짓발짓 섞어가며 대화에 집중하고 있었는데, 문득 깨달았다.

쿵쿵, 무슨 냄새가 나는 것 같은데.

신맛 같으면서도 쓴맛 같은 코를 찌르는 냄새……

이, 이건…… 분명 쌀겨된장 냄새!

쌀겨된장 냄새 나는 여자…… 가 바로 나였다!

171

냄새의 진원지는 내 오른손. 그러고 보니 점심으로 쌀겨절임을 먹긴 했다. 매일같이 먹는 쌀겨절임, 그걸 먹으려면 쌀겨된장에 손을 푹 넣어 거기 있는 채소를 꺼내야만 한다. 덧붙이자면 그날은 당근과 오이를 꺼내 뿌듯한 마음으로 맛있게 먹었다. 그 오른손에서 분명히 냄새가 났다.

……그래, 좋다. 어차피 난 쌀겨된장 냄새 나는 여자다.
다만, 당사자인 만큼 중요한 사실을 말해두고 싶다.

초미인은 아니어도
대장 미인쯤은 된다

✳

쌀겨절임을 매일 먹다 보면 손에서 쌀겨된장 냄새가 가실 날이 없다. 사실이다. 하지만 그건 표면적인 일일 뿐이다.

좀 더 내면을 바라봐주었으면 좋겠다.

'내면'이라고 말했지만, 정신이나 마음을 뜻하는 게 아니다. 말 그대로 내면이다. 내장. 좀 더 구체적으로는 대장, 대장의 안쪽 말이다.

'장내환경'이라는 말이 있다. 대장에는 유익균과 유해균이 있다고 한다. 유익균이 많으면 음식이 장 속에서 부패되는 일 없이 깨끗하게 소화되고, 장이 깨끗하다.

그렇다면, 장내환경을 무심히 방치할 수는 없다!

아마도 내 대장은 세계에서도 손꼽힐 만큼 깨끗할 것이다.

우리 집 화장실.

자랑은 아니지만 어쩌다 청소를 한다. 한 달에 한 번쯤? 전에는 그러지 않았다. 적어도 며칠에 한 번은 물 내려가는 곳에 브러시를 대고 열심히 닦아야 했다.

그런데 지금은 물 내려가는 곳이 전혀 더럽지 않다. 결국 이것이 내 대장 안 모습인 것이다.

언제부터 이랬는가 하면, 바로 쌀겨절임을 매일 먹고 나서부터!

'쌀겨절임 냄새 나는 여자'의 대장은 반짝반짝 빛난다!

'쌀겨된장'이라는
전용 요리사

그러니 쌀겨절임. 이건 꼭 먹어줘야 한다.
대장 미인으로 가는 지름길이니까.
그러나 쌀겨절임을 먹어야 하는 이유는 그뿐만이 아니다.
쌀겨절임은 마법에 가까운 요리법이다.

식재료가 남았다고 가정하자. 어떻게 할까?
예를 들어 두부. 일단 냉장고에 넣는다. 다들 그러니까. 하지
만 냉장고에 며칠 넣어두었다고 '어머, 마파두부가 만들어졌
네!' 하는 일은 일어나지 않는다, 절대로.
그러니 일단 냉장고에 넣지 말고 쌀겨된장에 넣어보자.
그러면 이튿날 맛있는 두부 쌀겨절임이 완성된다. 위에다 참
기름과, 원한다면 쪽파를 가위로 싹둑싹둑 잘라 뿌리자. 밥반찬
으로도 술안주로도 좋은, 기절할 만큼 맛있는 일품요리가 만들
어진다. 요리 시간(이라고 할 것도 없지만) 3분.

우와, 진짜 편하다! 누가 이런 친절함을 베풀었지?

바로 쌀겨된장님의 마법이다.

그러나 쌀겨절임을 만든다고 하면, 세상 사람들 반응이 대부분 비슷하다. "정말 대단하다"고 칭찬한다.

……칭찬 고맙습니다.

오랫동안 헛똑똑이로 살다 보니 대단하다는 말은 들어본 적이 거의 없어 진심 기쁩답니다.

하지만 왜 이런 칭찬을 듣는지 곰곰 생각해보니, 사람들이 쌀겨된장을 두려워하기 때문이었다. 엄청난 명인이나 아니면 다룰 수 없는, 제어 불가능한 무언가로 생각하고 있는 것이다.

나 역시 그랬다. 쌀겨된장? 쌀겨절임? 그런 걸 대체 어떻게 해? 그런 겁나는 일을 하라고? 내가? 요리 고수 할머니 손에 자란 것도 아니고, 평범한 독신 직장인이었던 나는 쌀겨된장이 있는 삶을 눈으로 본 적조차 없었다. 완전히 내 능력 밖의 일이라고 생각했다.

그런데 어느 날, 작은 쌀겨된장이 우연히 우리 집을 찾아왔다.

그것은 '미즈나스 쌀겨절임'이었다. 미즈나스, 아시는지. 간사이 지방에서 여름을 느끼게 하는 채소로 인기 있는, 껍질이 얇은 둥근 가지.

포장이 정말 희한했다. 가지 하나하나가 통째로, 일 센티미터 정도 되는 쌀겨된장에 싸인 채 질긴 비닐에 들어 있었다. 지금 생각해보니 쌀겨절임은 쌀겨된장에서 꺼낸 순간 맛이 변하기 때문에 최고의 상태로 먹을 수 있도록 그렇게 포장해서 보냈을 것이다.

바깥쪽에 붙은 쌀겨를 손으로 털어내고, 터질 듯 물기를 머금은 가지를 네 갈래로 찢은 다음, 소금기를 머금은 과일 같은 여름 채소를 그저 고마운 마음으로 오독오독 씹어 먹었다. 아아, 행복해!

그런 다음 문득 돌아보니, 방금 털어낸 쌀겨된장이 철퍼덕 부엌에 남아 있었다.

아무리 예쁘게 봐준들 근사한 외양은 아니다. 솔직히 괴상망측하기까지 해서 호기심으로라도 만져보고 싶지 않다.

하지만 이때의 나는 이미 미즈나스의 맛있고 행복한 맛에 푹 빠진 상태였다. 그래서 그 흉물스러운 쌀겨된장이 왠지 무척 가치 있게 보였다. 음식물 쓰레기로 버리기에는 너무나 아깝게 느껴졌다. 쌀겨절임 하나로 명성을 쌓아온 곳의 된장이 아닌가.

그래서 나는 밥 한 공기쯤 되는 그 쌀겨된장을 버리지 않고 보관하기로 했다. 그렇다고 무엇을 넣으면 좋을지도 알 수 없어, 깊숙한 접시에 눌러 넣고 랩으로 싸서 냉장고에 두었다. 뭔가를 절여보자고 마음은 먹었지만, 용기가 너무 작아 가지나 오이 같은 것들은 들어갈 것 같지도 않았다. 문득 냉장고에 남아 있는 햇생강에 생각이 미쳤다. 생강을 얇게 저며 푹, 푹, 된장에 찔러 넣었다.

그리고 이튿날.

어떻게 되었는지 볼까나, 하는 마음에 생강을 한 조각 꺼낸 다음, 쌀겨를 씻어내고 덥석 입에 물었다.

아, 아아, 맛있다……

이때껏 경험해본 적 없는 맛이었다.

약간의 소금기에 더해진 오묘한 감칠맛. 생것도 아니고 익힌 것도 아닌, 촉촉한 탄력의 식감. 그것은, 우리 집에 산더미처럼 쌓인 전 세계 조미료를 동원하더라도, 굽고 삶고 끓이고 튀기고 온갖 수단 방법을 동원해 정성껏 요리하더라도, 절대로 낼 수 없는 맛이었다.

그런 맛의 세계가 있는 줄은 처음 알았다. 그것은 상상조차 해본 적 없이 전혀 새로운, 그러면서도 몸과 마음이 온전하게 받아들이는 그야말로 신세계였다. 내가 한 일은 아무것도 없었다. 그저 생강을 괴상망측한 갈색 덩어리에 찔러 넣었을 뿐.

냉장고에서 쌀겨된장을
키우는 모순

여전히 긴가민가하는 분이 많을 것이다.

물론 알고 있다. 보관 문제 때문이라는 걸.

우연이었지만, 처음 내 손에 들어온 쌀겨된장은 명인 중에서도 명인이 만든 쌀겨된장이었다. 그것으로 맛있는 쌀겨절임은 보장된 거 아니냐는 말을 들을지도 모르겠다. 맞는 말이다. 하지만 보관이야말로 어려운 문제다. 쌀겨된장은 매일 섞어줘야 한다고, 안 그랬다간 큰일이 난다고, 그걸 하지 못해 쌀겨된장을 망쳐버렸다는 얘기를 나 역시 수없이 들었다. 망칠 것이라는 예상만으로도 마음이 무겁다. 끈적대는 대량의 갈색 덩어리가 더더욱 괴상망측하게 변한다니, 상상하기조차 싫다. 곰팡이가 엄청나게 핀다던가? 보기만 해도 징그러운데 지독한 냄새까지 난다던가? 으아아악, 정말 싫다. 그걸 손으로 만져서 버려야 하다니, 끔찍하다!!

……그런 생각이 여러분 머릿속을 스치고 있을 것이다.

그러나 나로 말하자면, 자랑일 리 없지만 귀차니즘이라면 누구에게도 지지 않을 자신이 있다. 그런데 돌이켜보니 우리 집에 쌀겨된장이 찾아온 지 어언…… 이십 년?!

어머, 우리 집 쌀겨된장이 이십 년이나 된 된장이었구나! 전통 있는 료칸 수준이잖아! 우여곡절 끝에 살아남은 그때의 쌀겨된장은 아직도 우리 집 싱크대 아래에 떡 하니 버티고 있다.

대체 어떻게?

그동안 많은 일이 있었다.

우리 집 것이라고 순풍에 돛 단 배는 아니었다는 뜻이다. 한때 빈사상태에 빠졌었지만 어떻게든 살아남았다고 하는 게 진실에 가까울 것이다.

무엇보다 나는 이렇게 외치고 싶다. 쌀겨된장은 웬만해선 죽지 않습니다! 죽은 것처럼 보였다가도 환부(곰팡이가 피거나 이상한 냄새가 나는 곳)를 잘라내고, 처치를 해주고(새로운 쌀겨와 소금을 넣는다), 간병을 해주면(하루에 한 번 섞는다), 반드시 깨끗이 낫습니다!

쌀겨된장은 무척 관대하고 속이 깊은 존재다. 망쳐서 버려야

하는 일은 생기지 않는다. 끈질기고 유연하고 넉넉한 생명력을
실감하게 해준다.

그리고 그 힘이, 우리에게 살아갈 용기를 북돋운다.

그렇다. 쌀겨된장은 그저 냄새 나는 축축한 덩어리가 아니다.
살아 있는 생물이다!

화제를 되돌려, 쌀겨된장을 보관하게 된 초기 단계의 얘기를
해보자.

그때 나는 그것을 냉장고에 보관해야 한다고, 그래야 부패가
없다고 믿었다.

분명 냉장고에 보관한 쌀겨된장이 부패하는 일은 없었다. 매
일 섞지 않아도 문제가 일어나지 않았다. 뭐야, 쉽잖아.

그러나 사람은 참으로 의지가 박약한 존재다.

매일 섞어주지 않아도 되겠다 싶으면 섞는 게 사흘에 한 번
이 되고, 일주일에 한 번이 되고…… 그러다 뚜껑을 여는 것조
차 귀찮아진다. 혹시 곰팡이라도 피어 있으면 어쩌지, 그런 꼴
은 보고 싶지 않은데 하면서 끙끙댄다. 그렇게 고민할 시간 있
으면 뚜껑을 열고 확 섞어주지 그래? 마음 한편으론 그런 생각
이 들지만 왠지 몸이 움직이지 않는다. 그렇게 한 달을 방치했

다. 그러다 도저히 안 되겠다 싶어 굳은 결심을 하고 뚜껑을 열어보니…… 응?

이거, 아직 괜찮은…… 거지? 상상만큼(붉고 파란 반점 같은 게 박혀 있다거나 희고 폭신한 솜털 같은 게 뒤덮여 있다거나) 심하지는 않다. 아아, 다행이다. 뭐야, 쌀겨된장을 보관하는 게 이렇게 쉬웠어?

……그러나, 뭔가 심상치가 않다.

표면이 왠지 파랗다. 안색이 푸르죽죽한 환자처럼.

냄새를 맡아본다.

역시 뭔가 좀 이상하다. 쌀겨절임이란 게 원래 냄새가 있으니, 어디가 어떻게 이상하냐고 물으면 대답할 수는 없다. 그래도 뭔가 이상하다.

알아보니 '산막효모'라는 균 때문이라는데, 인체에 유해하지는 않지만 지나치게 발생하면 맛에 악영향을 미친다고 쓰여 있었다. 섞기를 게을리하면 생긴다나.

네, 맞습니다. 제가 무척 게을리한 게 맞습니다.

뒷북이긴 하지만 서둘러 섞어본다. 다음날도, 그다음 날도, 매일같이 섞는다.

하지만 다시 생각해보니 내가 참 어리석은 짓을 하고 있다.

한 달이나 방치했다는 건 그 한 달 동안 내가 쌀겨절임을 먹지 않았다는 뜻이다. 먹고 있었다면 저절로 섞였을 테니까.

나는 왜 먹지 않았을까.

곰곰이 생각해보니 처음 생강절임을 먹었을 때 느꼈던 감동이 벌써 시들해지고 있었다. 훌륭한 법랑 용기에 옮겨 담아 가지나 오이 같은 다양한 채소들을 절여보았지만, 왠지 처음 그 맛이 나지 않았다. 뭔가 '쌀겨절임' 맛이 나지 않아.

그러다 보니, 절이지 않는다 → 먹지 않는다 → 방치한다 → 섞지 않는다 → 상태가 나빠진다 → 절이지 않는다 → 먹지 않는다…… 식의 악순환에 빠지게 되었다.

그럼 쌀겨된장을 보관하는 의미가 없잖아!

다시 한 번 생각해본다. 왜 우리 집 쌀겨절임이 제맛을 못 낼까. 역시 심오한 요리라서 아마추어가 함부로 손대면 안 되는 것인가.

쌀겨된장은 마음이 넓다

고민하다 지쳐서 다른 사람에게 의논을 했다. 그 사람이 만들어준 쌀겨절임을 무척 맛있게 먹은 기억이 떠올랐기 때문이다.

왠지 잘 안 되는 거 있죠. 뭔가 특별한 방법이 있나요?

그러자 돌아온 대답은 "없어. 그냥 남들 하는 대로만 하는데?"

그 '그냥'이 제일 어렵다니까요. 그냥이 대체 뭘까요? 내 어디가 그냥이 아닌 걸까요? 그걸 모르겠거든요. 쌀겨된장은 뭘 쓰세요? 맛의 비결을 첨가해야 하나요? 덜 섞어서 그런 건가요? 생각나는 대로 질문을 쏟아냈다. 그러나 무슨 질문을 해도 대답은 석연치 않았다. 쌀겨는 그냥 마트에서 파는 것을 쓴다고 했다. 특별히 다른 무언가를 넣는 것도 아니라고 했다. 기본적으로 매일 섞기는 하지만 이틀이고 사흘이고 섞지 않는 때도 있다고 했다. 아아, 대체 뭐가 다른 걸까? 이쯤 되면 남은 것은 마음가짐이랄지 정신 상태랄지, 그런 신비의 세계뿐인데……

그런데 얘기를 계속 나누다 보니, 어떤 결정적인 차이를 발견하게 되었다.

우리 집 쌀겨된장이 냉장고 안에 들어 있다는 사실.

"뭐? 왜 그런 짓을 해?" 내 말에 상대는 놀라움을 금치 못했다. 밖에 두면 상할 거 같아서, 라고 얼버무리는데 눈을 동그랗게 뜨고 "아니야, 괜찮아"라고 한다. 그, 그런가요? 여름처럼 무더운 날엔 좀 겁도 나는데. "아냐, 정말 괜찮다니까."

과학적 근거가 있는 것은 아니지만, 실천하는 자의 말에서는 역시 진실의 무게가 느껴진다. 게다가, 어차피 이대로라면 우리 집 쌀겨된장은 분명 냉장고 안에서 생을 마감할 것이다. 더 이상 잃을 것도 없다. 마음을 굳게 먹고 우리 집 쌀겨된장을 냉장고에서 싱크대 아래로 옮겼다.

지금이야 냉장고 없이 살고 있으니 특별할 게 없는 일이지만, 당시로서는 무척이나 이상한 느낌이 들었다. '날것'을 상온에 보관한다는 건 생각해본 적이 없었기 때문이다. 게다가 상대는 너무나 이상야릇한, 당장이라도 어떤 나쁜 일이 일어날 것만 같은, 흐물흐물 끈적끈적한 물체가 아닌가.

그렇게 하루가 지났다.

아침에 일어나 조심스레 쌀겨된장 뚜껑을 열어보았다.

그랬더니……

창백한 환자 같은 얼굴을 하고 있던 우리 집 쌀겨된장이, 너무나 건강한 연갈색을 띠고 있는 것이 아닌가.

무언가가 '되살아났다!'는 느낌이었다. 오랫동안 겨울잠을 자던 작은 생물들이 하아암~ 하품을 하며 일제히 눈을 뜬 느낌.

손을 푹 넣었더니 따스함이 전해져왔다. 그리고 폭신하고 부드러운 느낌. 철퍼덕 차갑고 끈적끈적 달라붙던 '냉장고 쌀겨된장'과는 차원이 달랐다.

아, 살아 있었구나!

무엇인지 알 수는 없었지만, 확실히 그 안에 무언가가 살아 있었다. 내가 냉장고에 방치한 채 돌봐주지 않았음에도 불구하고, 그것은 죽지 않고 살아 있었다. 그런데 무던하게도, 그런 내가 아주 조금 흔들어 깨웠더니, "흥, 지금에 와서 웃기고 있네" 하고 삐치는 일 없이 일어나주었다!

그렇게 생각하니 벅찬 감동이 밀려왔다. 과장이 아니다.

지금까지 정말 미안했어. 너를 살아 있는 존재로 여겨본 적이 없구나. 마트에서 파는 액젓쯤으로만 여겼어.

그런데 너, 실은 살아 있었구나!

그렇구나. 나는 생명 같은 건 키우지 않는 고독한 싱글이라고 생각했는데 사실은 그렇지가 않았던 거야. 여기에 살아 있는 네가 있었어. 게다가 너는 내 요리를 도와주기까지 하는 친구이자 나만의 전용 요리사였던 거야!

그 후, 나는 쌀겨된장 섞는 것을 전혀 힘들게 여기지 않게 되었다.

쌀겨된장을 단순한 '장'이 아니라 나와 함께 '동거하는 존재'로 여기게 되었다.

사랑스러운 동거인을 어떻게 방치할 수 있겠는가. 뚜껑을 여는 순간, 고독한 나는, 부드럽고 폭신폭신한 동거인을 보며 '잘 있었어?' 하고 마음속으로 인사를 건넨다.

……그렇지만 솔직히 말해서, 매일 섞는 것은 아니다. 며칠이나 방치해둔 적도 있기는 하다. 하지만 그래도 괜찮다. 나의 동거인님은 마음이 넓으셔서 그런 사소한 일쯤은, 아니 꽤 심한 경우라도 너그럽게 봐주신다. 물론 도가 지나치면 토라져 병든 냄새가 나기도 하지만, 그런 모습을 보면 나 역시 반성을 하고 한동안 열심히 병간호에 힘쓴다. 매일 섞어주고, 선물(다시마 자른 것, 말린 고추, 감귤이나 감 껍질 말린 것 등)을 열심히 나르며 마음을 달래다 보면, 서서히 건강을 회복한다.

다시 말해 이것은…… 생명체다. 마치 개나 고양이를 기르는 느낌이다. 그러니 번거롭게 여길 일이 아니다. 아니지, 오히려 번거로운 게 당연하다. 개나 고양이 돌보는 것을 귀찮게 여기는 사람은 그것을 돌보고 있는 것이 아니다. 돌본다는 것은 손이 간다는 뜻, 그것은 귀찮은 일이 아니라 오히려 즐거운 일이다.

쌀겨된장 라이프 역시 귀찮기는커녕 정말로 즐겁다.

천재 셰프님의 마법

자, 이렇게 시작된 쌀겨된장 라이프.
앞부분에도 썼지만, 이건 역시 마법이다. 무엇보다 우선 맛!

쌀겨된장 맛은 단순한 소금기라든지 그런 심플한 맛으로 설
명할 수 없다. 짠맛이 있는가 하면 신맛도 난다. 그리고 향신료
로 작용하는 미묘한 '냄새'가 있다.
그것이 재료 본연의 맛과 어우러져 처음에는 '어머나!' 하는
놀라움을 주고, 마지막엔 '마, 맛있다……' 하는 감동을 남긴다.
쌀겨된장님은 천재 셰프님이시다.

최근 들어 절인 것은,

곤약
튀김두부

대체 무슨 맛일지 상상이 안 갈 것이다.

나 역시 그랬다. 처음부터 어떤 의도를 가지고 한 시도는 아니었다. 냉장고 없이 살다 보니 엄청난 곤약과 튀김두부를 선물받는 '고마운 비상사태'가 발생했다. 채소라면 말려보겠는데, 곤약과 튀김두부는 대체 어쩌지? 그래, 쌀겨절임을 만들면 좀 오래 보관할 수 있으려나, 하는 마음에 시도해본 것이 시작이었다.

튀김두부는 받은 그대로, 곤약은 잡미를 없애기 위해 일단 삶아 식힌 다음, 쌀겨된장 안에 넣었다. 둘 다 부드러워서 박는다기보다는 고이 '묻는' 느낌으로. 마치 땅속에 보물을 숨기는 것 같은 이상야릇한 느낌이 들었다.

그런데 설마 그것이 정말 보물일 줄이야!

우선 곤약.
회처럼 얇게 떠서 그 위에 쪽파 끝을 가위로 싹둑싹둑 잘라 올리고, 올리브유를 똑 떨어뜨린다.

으음…… 이, 이건……

광어 곤부지메*랄까? 아니 그보다 더 복잡한, 짠맛과 신맛이 차가운 곤약의 풍미와 환상적으로 어우러져 있다. 호로록, 곤약 한 조각. 꿀꺽, 술 한 잔. 젓가락이 멈출 줄 모른다.

덧붙이자면 쌀겨절임과 올리브유는 궁합이 좋다. 특히 술안주로 제격이다. 청주든 와인이든. 손님상에 내도 좋은 세련된 일품요리로 단번에 변신한다. 참기름도 좋다.

그리고 튀김두부.
쌀겨된장에서 꺼내 참기름을 두른 프라이팬에서 그대로 굽는다. 붙어 있는 쌀겨가 노릇노릇 구워지는 동안, 꿀꺽 침을 삼키고 있는 나를 발견한다.
뜨거운 두부에 큼지막하게 무즙을 올린 다음, 덥석 문다.
마, 마, 맛있다!

두부 맛이 정말이지 절묘하다. 소금기가 배어 있으면서도 어렴풋이 느껴지는 신맛에, 쌀겨의 향내가 풍긴다. 좀 더 오래 절이면 치즈처럼 변하겠지. 그건 그것대로 맛이 있을 것이다.

---

* 생선을 다시마에 싸서 다시마의 풍미를 생선에 스며들게 하는 조리법.

그리고 아, 잊을 수 없는 죽순!

이웃집 할머니가 직접 캐온 죽순을 선물하셨다. 커다란 죽순을 받고 공들여 삶기는 했는데, 집에 냉장고가 없다. 매일매일 열심히 먹어야겠다고 굳게 다짐하려던 순간, 아, 그렇지, 쌀겨 절임이 있었지? 그런 생각이 떠올라 시도해보았더니……

우와, 깜짝 놀랐다!!

세상에 이렇게 맛있는 음식이 다 있구나, 눈이 휘둥그레졌다.

갓 캐어 삶아낸 죽순의 우아한 단맛과, 쌀겨절임의 짠맛과 신맛과 향내가 어우러진 맛이라니! 달콤새콤한 이것은 그야말로 어른의 맛. 마치 우리 집이 교토의 고급 요릿집으로 변한 것만 같았다!

하지만 더 놀라운 점은 따로 있다.

이것만큼은 큰 소리로 외치고 싶다!

이 천국 같은 요리를 먹는 데는 그 어떤 요리책도 필요치 않다! 복잡한 조미료도 필요 없다! 요리 경험이나 기술도 마찬가지다!

그저 쌀겨된장에 절이기만 하면 된다! 하루, 이틀, 아니면 그보다 좀 오래. 그렇게만 하면 더할 나위 없는 일품요리가 완성된다. 이것만 있으면 다른 반찬이 필요가 없다.

쌀겨된장은 자유로운 밥상의 핵심이자 필수 아이템이다.

실전 응용편

✳

절임 재료.

거의 모든 것을 다 절일 수 있지만, 이것도 될까? 망설여진다면 검색을 해보자. 세상에는 수많은 고수가 살고 있어서 검색해보면 반드시 결과가 나온다.

아래는 내가 직접 절여보고 결과가 좋았던 재료들.

봄여름

따뜻한 계절에는 쌀겨된장 맛이 빠르게 밴다. 그리고 봄여름 채소는 부드럽기 때문에 별다른 손질 없이 절일 수 있다. 간단하고 맛있다.

· 가지
· 오이

우선 이 두 가지가 대표 재료다. 100퍼센트 보장할 수 있는 맛. 너무 오래 절여 신맛이 나면 잘게 저며 생강 저민 것과 함께 섞기만 해도 충분히 맛있는 반찬이 된다.

- 피망
- 셀러리
- 양하
- 햇생강
- 햇양파

쌀겨절임은 대체로 맛이 강한 채소들과 궁합이 좋다. 쌀겨도 개성이 강한 식재료니까. 사람도 그렇다. 성격이 강한 사람끼리 모이면 예상 외로 폭발적인 힘이 생겨나기도 한다.

양파를 절이면 복잡한 향신료를 조합해 만든 피클처럼 맛이 있지만, 단점이 하나 있다. 쌀겨에 양파 냄새가 배어 오래 빠지지 않는다. 다른 용기에 덜어내어 만들기를 권한다.

- 방울토마토
- 오크라
- 아스파라거스

· 풋콩

방울토마토는 강력 추천하고 싶은 재료다. 다만 너무 오래 절
이면 껍질이 벗겨져 유혈 사태가 벌어지므로 길게 잡아 하루
내에 꺼내 먹기를. 오크라와 아스파라거스는 살짝 데친 다음 절
인다. 풋콩도 소금물에 데친 후에 절이자. 치즈 맛이 나면서 무
척 맛있다. 한 가지 난점은, 꼼꼼하게 수색 작업을 벌이지 않으
면 어디에 숨었는지 찾기가 힘들다는 것. 뭐, 찾는 재미도 쏠쏠
하고 쌀겨된장을 섞을 기회라고 여기면 별것 아니긴 하지만.

· 감자

잘 알려지지 않은 사실인데 감자 쌀겨절임은 정말 맛있다. 확
실하게 치즈 맛이 난다. 아삭함이 남아 있을 만큼만 삶아 절인
다. 나는 작은 햇감자를 껍질째 절이는 것을 좋아한다. 먹을 땐
그대로 슬라이스하거나 채를 썰어도 좋지만, 적당히 썰어 오코
노미야키에 넣어도 훌륭하다. 치즈를 넣은 오코노미야키 맛이
난다. 올리브유나 참기름에 구워 후추를 뿌려도 좋다.

가을겨울

추워지면 쌀겨도 활동이 둔해진다. 절이는 데 시간이 좀 걸리지만, 그만큼 한동안 방치해도 된다는 장점이 있다. 여름 채소와는 또 다른, 자양분이 꽉 찬 맛이 난다.

- 무
- 당근

크기는 적당히. 너무 크면 시간이 오래 걸린다.

- 우엉
- 토란
- 비트

이 채소들은 모두 딱딱함이 남아 있을 정도로 삶는다. 토란은 감자와 마찬가지로 치즈처럼 변한다. 비트는 달짝지근해서 무와는 다른 복잡한 맛으로 변한다. 식초를 살짝 떨어뜨린 물에 딱딱함이 남도록 삶아서 절인다. 절이다 보면 새빨간 색깔이 쌀겨에 스며들어 유혈 사태가 벌어지기도 하니 주의! 그래서 나는 껍질째 절이고 먹을 때도 껍질째 먹는다.

6

어른의 맛

양념 지옥에서 탈출하라

'소금, 간장, 된장'만 있으면

지금의 내 부엌은 내가 봐도 정갈하다.

맞다, 자랑이다. 적어도 내 인생 최고로 깔끔하다. 에헴.

하지만 부엌 그 자체만 놓고 보자면 내 인생 최소의 상태를 유지하는 중이다.

회사를 그만두고 월급이 사라지니 집값 비싼 도쿄에 살려면 선택의 여지가 없었다. 작은 가스레인지 받침대와 싱크대가 하나씩. 냉장고 놓을 자리는 없다. 하물며 전자레인지, 전기밥솥을 둘 곳이 있을 리 없다. 그 모두 갖고 있지 않으니 상관은 없지만……

그렇게 좁다면서 웬 깔끔이냐고?

내가 느지막이 정리정돈을 잘하게 되어서…… 라고 당당히 말할 수 있으면 좋겠지만, 그건 아니고, 조미료 가짓수를 확 줄

였기 때문이다.

매일 쓰는 조미료는 기본적으로 소금, 간장, 된장뿐. 그러자 전용 레일 선반까지 구입해 꽉꽉 채웠던 조미료 공간이 텅 비게 되었다.

그리고 이 상황은 단순히 부엌이 깔끔해졌다는 것 이상의 결과를 가져왔다.

요리가 엄청 편하다!

볶음이든 조림이든 무엇을 만들든……

① 오늘은 된장 맛으로 할까?
② 간장 맛?
③ 소금 맛?

이 세 가지 중에서 고르면 된다. 라면이랑 똑같네?*
소금 맛으로 정했으면 소금을 넣어가며 간을 조절하면 된다.
어머, 요리 참 쉽네.

_____

* 일본 라면은 국물 맛에 따라 크게 된장 맛, 간장 맛, 소금 맛으로 나눈다.

진심으로 놀라고 있다.

이 말은 그러니까…… 요리책이 필요 없어졌다는 뜻이기도 하다.

나는 오랫동안 사 모은 산더미 같은 요리책들을 처분했다.

그렇게 나의 부엌은, 나의 책장은, 나의 머릿속과 마음은 깔끔해졌다.

'A'의 우울

내 인생에 이런 날이 올 줄은 몰랐다.

요리책은 내게 꿈 그 자체였으니까. 요리는 허황된 꿈이 아니었다. 현실에서 실현 가능한 꿈이었다. 요리 사진을 보며 이렇게 멋진 음식을 먹고 싶다는 꿈을 부풀리면 그 꿈들은 이루어질 수 있다. 세상에 그런 일이 어디 흔한가. 지금 생각해보면 그 꿈이 나를 북돋워준 덕분에 인생에 찾아오는 수많은 풍파를 견뎌낼 수 있었던 것 같기도 하다.

그런데 내가 그 꿈을 스스로 포기해버렸다. 비상사태가 아닐 수 없다.

그런데 막상 포기해봤더니 쓸쓸함이 거의 느껴지지 않았다. 아니, 오히려 가슴이 탁 트이는 느낌이었다.

요리를 처음 시작한 것은 중학교 때였다. 아버지 혼자 전근을 가신 것이 계기였다. 어머니가 주기적으로 가봐야 했기 때문에 안 계신 동안 언니와 내가 교대로 요리를 하게 되었다.

필요에 의해서였지만, 어머니가 잡지에서 오려둔 레시피를 열심히 들여다보며, 피망 고기완자니 연어 뫼니에르 같은 것들을 만드는 과정이 결코 싫지 않았다. 맛있어 보이는 완성 사진을 바라보며 상상의 나래를 펼치고 실제로 그것을 먹어볼 수 있다니, 식탐 많은 나에게는 일종의 마법 같았다. 그것이 내 꿈의 서막이었다.

그중에서도 가장 놀라운 것은 각종 레시피에 등장하는 양념의 조합이었다.

예를 들어 어떤 덮밥 위에 뿌리는 양념은……
(A) 육수 2큰술, 간장 1큰술, 설탕 2작은술, 미림 1작은술

와, 이건 마치 화학 실험 같잖아!

게다가 그대로 계량해 간을 하면 틀림없이 맛이 있었다. 간이 딱 맞았다. 요리할 때마다 이런 복잡한 조합을 생각해내는 사람들은 대체 어떤 천재들일까? 하는 생각이 들곤 했다.

양념의 종류와 양을 경우의 수로 헤아려보면 무한대로 늘어나는데, 그 무한대 중에서 바로 '이것'이라는 착지점을 발견해내기까지 얼마나 많은 시행착오와 경험과 상상력과 천부적인 감각을 발휘해야 했을까.

그 지혜를 우리 집 밥상에 그대로 빌려 오고자, 나는 매번 새로운 요리책을 사 들였다.

……그런데 점차 이 'A'가 부담스러워지기 시작했다.

내가 어렸을 땐 양념 종류가 제한적이었다. 사시스세소, 다시 말해 사토(설탕), 시오(소금), 스(식초), 쇼유*, 미소(된장)면 거의 됐다.

그런데 세상이 풍요로워지면서 양념 종류가 나날이 늘어갔다. 매운 양념 종류만 해도 두반장, 고추장, 간즈리**, 유즈코쇼, 서양 겨자, 겨자 페이스트. 기름은 식용유, 카놀라유, 올리브유, 참기름, 들기름, 코코넛오일……. 식초로는 쌀 식초, 흑초, 와인 비니거, 발사믹 식초. 레시피를 따라하다 보니, 양념 병도 늘어나면서 수습 불가능한 지경에 이르렀고, 당장 필요한 조미료 하

---

* 간장. 예전엔 '쇼유'를 '세우'라고 썼다.
** 소금에 절인 고추를 발효시킨 향신료이다.

나 꺼내는 것조차 쉽지 않은 일이 되었다.

이 상황, 기시감이 든다. 그래 맞다, 우쭐대며 사 모으기는 했어도 입지 않는 옷들로 터질 것 같았던 우리 집 옷장과 똑같지 않은가.

문제는 꺼내는 수고뿐만이 아니었다.

이렇게까지 맛을 내는 과정이 복잡해지다 보면 레시피를 아무리 들여다본들 맛을 상상할 수 없게 된다.

요리를 한다기보다, 누군가의 지시에 복종하는 느낌이 들기 시작한 것이다.

내게 요리책이
있어야 했던 이유

그리고 끝없이 늘어나는 요리책들.

서점에 가면 놓치고 싶지 않은 요리책 신간들이 진열되어 있
었다. 쉽고 맛있는 요리, 건강식, 세련된 술안주…… 아아, 다 먹
어보고 싶다! 하지만 우리 집 요리책 책장은 이미 어디에 무슨
책이 꽂혀 있는지조차 알 수 없는 포화 상태였다. 예전에 만들
었던 요리를 다시 만들려고 해도 그 레시피가 어느 책에 있는
지조차 기억하지 못했다.

그러면서도 나는 요리책 사 모으는 것을 그만둘 수 없었다.

요리책 없이는 어떻게 요리를 해야 할지 막막하기만 했으니
까. 볶음이나 조림 같은 단순한 요리조차, 아무것도 보지 않고
만들려고 하면 몸이 굳어져버렸다.

그리고
'소금 맛 그룹'만 남았다

이 문제는 새로운 식생활이 시작되면서 순식간에 해결되었다. 기본 밥상이 밥, 국, 채소절임. 간이라고 해봐야 된장국에 된장을 풀면 된다. 끝. 더 이상 고민할 여지가 없다.

그래서 난생처음 조미료 처분 작업에 착수하게 되었다. 줄이고 줄이다 결국 남은 것이 바로 '소금, 간장, 된장'이었다.

놀랍게도, 어떤 요리든 이 세 가지로 충분했다!

눈치 챘겠지만, 이 모두가 '소금 맛 그룹'에 속한다. 결국 요리란 '식재료에 소금 간을 하는 것'이었다!

어쩌면 상식일지도 모르겠지만 부끄럽게도 나는 알지 못했다. 요리의 맛이란 복잡한 조미료를 조합해야만 완성할 수 있는 것이라고 믿고 있었다. 그래서 레시피란 것으로부터 벗어날 수 없었던 것이다.

그러나 요리에 맛을 내는 핵심은 사실 '간'이다.

맛이 너무 단조로워지지 않냐고?

전혀 그렇지가 않다. 이런 식생활을 시작한 지 이 년이 지났지만, 맛이 단조롭다고 느낀 적이 한 번도 없다.

당연한 말이지만 첫째, 재료 본연의 맛이 있기 때문이다.

고기와 생선뿐 아니라 채소 맛도 정말이지 다양하다.

단맛, 신맛, 쓴맛. 거기다 향미와 식감까지 놀랄 만큼 다채롭다.

그 복잡함이란, 양념 맛에 비할 바가 못 된다. 오히려 너무 복잡한 맛을 냄으로써 재료의 맛이 흐려지는 것인지도 모른다.

며칠 전, 이웃 분에게서 갓 캐온 죽순을 선물받았다. 싱싱한 죽순을 상하게 할 수 없어 서둘러 삶았다. 그런 다음, 자 이걸 어떻게 먹지? 하고 레시피를 검색해봤더니 엄청난 종류의 죽순 요리가 나왔다.

그런데 모처럼 받은 싱싱한 죽순을 신선하게 유지하고 싶어 열심히 삶은 나다. 어차피 한 번에 다 먹지도 못할 테니 일단 재료 맛이나 볼까?

그래서 기름에 볶아 소금과 후추로 간을 하고 먹어보았다.
그랬더니······

맛이 기, 기가 막히다!!

죽순이 이렇게 달콤한 맛이었다니! 약간의 떫은맛이 섞여 있
는데 그것이 악센트가 되어 이루 말할 수 없이 어른스러운 맛
을 낸다.
　죽순이 이렇게나 맛있는 줄 미처 몰랐다.
　이날 이때까지 다양한 죽순 요리를 해왔다. 나름 맛이 있었지
만, 생각해보면 그것은 죽순의 맛이라기보다 육수나 양념 맛이
었던 것 같다. 죽순 하면 식감만 떠오를 뿐, 정작 맛은 전혀 알
지 못했던 것이다.

　죽순에 한정된 얘기가 아닐 것이다.

　물론 재료의 맛에 양념 맛을 조합하여 '놀라운 맛'을 낼 수도
있다. 그러나 그런 놀라운 요리는 가끔, 밖에서 먹으면 된다는
게 내 생각이다.

그리고 또 하나의 이유.

방금 '소금, 간장, 된장'이 모두 '소금 맛 그룹'이라고 썼지만, 그 소금 맛에 충분히 복잡하고 무한한 세계가 들어 있다고 나는 생각한다.

'소금'은 그야말로 짠맛. 심플하고 깔끔한 맛이다.

한편 '간장'과 '된장'은 발효식품이다. 밋밋한 짠맛이 아니다. 이 두 가지에는 복잡한 감칠맛이 들어 있다.

간장으로만 간을 하라고 하면 너무 대충이라고 생각하기 쉽지만 전혀 그렇지 않다. 예를 들어 대표적인 채소 요리인 우엉조림. 이것 역시 간장으로만 간을 해도 충분하다. 달고 떫고 흙냄새 나는 복잡한 우엉 맛에, 감칠맛 가득한 간장의 짠맛이 더해지면서 무척이나 복잡한 맛의 조화가 일어나기 때문이다.

된장이 들어가면 살짝 끈끈하고 진득한 단맛이 더해진다.

우엉조림을 된장으로 마무리해보시길. 간장과는 또 다른 부드러운 맛에 놀라게 될 것이다.

'맛보기'로 간하기

　단순한 맛의 또 하나의 이점은 계량 도구가 필요 없다는 점이다. 나는 늘 눈대중으로 간을 한다. 맛을 보면서 괜찮겠다 싶을 때까지 조금씩 추가한다. 종류가 하나뿐이니까, 많은지 적은지만 판단하면 끝이다.

　그런데 이렇게 잘난 척 떠들어대고 있지만, 솔직히 요리책을 보며 요리하던 때에는 제대로 간을 본 적이 없었다.

　요리책에 적힌 대로 요리하고 맛이 없으면, 원인을 생각하지도 않고 '내가 이걸 두 번 다시 만드나 봐라!' 하고 화만 냈다. 맛을 보고 아니다 싶으면 소금 간을 더 한다든가 다른 무언가를 첨가한다든가, 얼마든지 방법이 있었을 텐데 말이다.
　……아니, 그것도 아니다. 아마 나는 이게 아니다 싶어도 무엇을 어떻게 해야 할지 알지 못했던 거겠지.

넣어야 할 게 너무 많아, 무엇을 더하고 무엇을 빼면 무엇이 어떻게 변하는지 전혀 모르고 있었으니까.

결국 나는 요리책에 지나치게 의존했던 것이다.

그런데 맛을 보게 되면서 처음으로 '간'에 대해 생각하게 되었다. 그랬더니, 요리가 이렇게 쉬운 것이었구나, 하는 자유가 생겼다.

복잡한 요리는 할 수 없지만 '소금 간'을 조절하는 것쯤 이젠 일도 아니다. 좀 더 넣는 게 좋겠다, 이쯤하면 됐다, 둘 중 하나 니까.

그래도 막상 맛을 보면 헤맬 때가 많다.

좀 싱겁다 싶어 소금을 넣다 보면 끓이는 동안 점점 짜지기도 하고, 냄비에서 펄펄 끓을 땐 맛이 딱 좋다 싶었는데 막상 그릇에 옮겨 놓고 먹으면 밍밍하기도 하고.

더 넣느냐 마느냐, 그것이 문제로다.

'수제 폰즈'로
호사스럽게 대충

사소한 실패를 거듭한 끝에 드디어 해결책을 찾아냈다!
망설여질 땐 '식초'!
그렇다. 식초가 답이다.

볶음이든 조림이든, 소금 간은 충분한 것 같은데 뭔가 딱 1퍼
센트 정도 부족하다 싶을 때가 있다.
그럴 땐 소금 말고 식초를 이용한다.
그러면 눈이 번쩍 뜨이는 산뜻한 맛이 된다. 신맛까지는 느끼
지 못할 만큼 아주 조금만 넣으면 된다. 그것만으로도 왠지 등
이 꼿꼿이 펴지는 정갈한 맛이 된다.
때에 따라선 상당히 대담하게 넣어도 좋다. 나는 신맛을 좋아
해서 벌컥벌컥 넣는 경우도 부지기수다. 열을 가하면 코가 싸해
지는 자극이 증발하기 때문에 많이 넣어도 생각보다 부드러운
맛이 난다.

소금 맛과 식초를 배합한 것이 바로 '폰즈'다.

나는 폰즈 없이는 살 수 없다. 마트에 가면 저렴한 것부터 비싼 것까지 종류가 너무 다양해서 무엇을 고를지 행복한 고민에 빠지기도 하지만, 나는 이왕이면 좋은 폰즈를 쓰려고 하는 편이다. 제일 싼 것에 손이 갈 것 같을 땐 꾹 참고 중간 이상의 가격으로 고른다. 모든 요리에 빈번히 쓰는 만큼, 폰즈야말로 일용할 양식의 맛을 결정하기 때문이다.

……그러나 수많은 가격대의 폰즈 앞에 서면, 역시 싼 가격에 눈길이 가고 마음이 천 갈래 만 갈래로 찢긴다. 결국 마트 선반 앞에서 망설이고 갈등하는 데 지친 나는 폰즈를 직접 만들기로 결심했다!

그런데 말이 수제지, 그 말이 머쓱해질 만큼 간단한 것이 바로 이 폰즈다.

빈 병에 감귤류 과즙을 반쯤 넣고 그 위에 간장을 붓는다. 다시 말해 과즙과 간장을 반반씩, 그리고 다시마를 잘라 넣는다.

이것으로 완성이다. 평소에는 시판 제품을 사서 쓰지만 시골에 사는 친구가 감귤류를 보내주면 그걸 짜서 사용한다. 생귤을 조미료로 쓰다니, 정말 호사스러운 일이다.

설탕 없이도
살 수 있다

이쯤 되니 눈치 채신 분도 있겠지만, 나는 요리에 설탕을 쓰지 않는다.

전에는 툭하면 설탕을 넣었었다. 일본식 반찬이 원래 달고 짜거나, 달고 쓴맛이 많다. 스키야키, 고기감자, 초무침 모두에 설탕이 들어간다. 그리고 설탕이 가미된 음식들은 모두 다 고향의 맛이다. 어머니의 손맛이다. 그렇게 여기며 자랐다.

나는 이제 설탕 대신 단맛 나는 식재료를 사용한다.
단맛 나는 식재료 하면, 누구나 고구마나 호박을 떠올릴 것이다. 이걸 끓이거나 굽거나 볶으면 단맛 나는 반찬이 만들어진다. 여기다 설탕을 더 넣는 레시피도 많이 보지만, 대체 왜? 하는 마음이 든다. 오히려 간장이나 된장 같은 짠맛을 첨가하는 편이 단맛을 더 살릴 수 있고, 밥반찬으로도 잘 맞는다.

이 외에도 단맛 나는 식재료는 얼마든지 있다.

첫째, 파. 양파든 대파든 오래 볶으면 놀랄 만큼 단맛이 난다. 내가 만드는 스키야키는 파를 듬뿍 오래 볶아 간장으로 간을 한다. 이것으로도 충분히 달콤 짭조름한 맛이 난다. 그 외의 조림 요리, 예를 들어 두부완자를 달고 짜게 조리고 싶을 때에도 마찬가지로 양파를 오래 볶아 간장으로 간을 한다.

그리고 무말랭이. 무말랭이를 조리면 설탕인가 싶을 만큼 단맛이 난다. 그러므로 물에 불린 무말랭이와 간장만 있으면 달콤 짭조름한 조림을 만들 수 있다. 불린 물도 버리지 말고 사용해보자. 이 물이 정말 달다. 마셔보면 깜짝 놀랄 것이다.

그리고 당근도 달다. 여담인데 나는 승마를 잠깐, 흉내 정도 낼 만큼 배운 적이 있다. 말은 정말로 당근을 좋아한다. 당근을 주면 기쁜 나머지 벽과 문을 발로 찰 정도다. 그 모습을 보고 '아이들이 싫어하는 당근을 이렇게 기꺼이 먹다니, 말들은 참 대단해' 하고 감탄하곤 했는데, 그게 아니었다. 당근은 정말 달다. 말에게 당근은 디저트인 것이다. 덧붙이자면 말은 당근만큼이나 사과도 좋아한다.

당근을 채 썰어 약 불에 천천히 볶은 다음 된장과 섞어보시길. 그 달콤 짭조름한 맛에 감탄하게 될 것이다.

단맛이 더 필요하다 싶으면 단맛 나는 조미료를 사용하기도 한다.

나 같은 경우는 술이나 된장을 넣는다. 우리 집 된장은 누룩을 듬뿍 넣어 단맛이 강한 규슈 지역의 보리 된장이다. 이것을 설탕 대신 쓴다고 해도 과언이 아니다.

그리고 '발사믹 식초'. 초밥을 만들 때 설탕을 넣은 식초를 쓰는 경우가 많은데 발사믹 식초를 넣으면 단맛 나는 초밥을 만들 수 있다. 서양식 초밥이 참 맛있다. 지금은 없어서 안 쓰지만, 넓은 부엌을 쓰고 있을 땐 애용하던 그리운 맛이다.

또 하나, 참깨 페이스트도 단맛 나는 조미료이다.

적다 보니, 아무래도 단맛 나는 음식이 없으면 쓸쓸할 것 같다. 인생에는 역시 단맛이 필요하다. 그러나 단맛은 설탕에만 있는 것이 아니다.

'오일' 매직

조미료를 줄이다 보니 맛에 민감해졌다. 그러다 보니 '오일'에 신경이 쓰이게 되었다.

요리의 풍미를 좌우하는 것은 어쩌면 기름이 아닐까.

볶음은 물론이고 조림을 할 때에도 처음에는 기름으로 잘 볶다가 조리는 경우가 많다. 게다가 맛있는 기름을 쓰면 간을 이것저것 더하지 않아도 충분히 맛이 있어진다.

나는 용기를 내어 기름을 두 종류로 한정해 쓰기로 했다.

바로 '올리브유'와 '참기름'이다.

둘 다 풍미를 더해주기 때문에 먹기 직전에 조금 뿌리는 것이 포인트다. 무즙. 쌀겨절임. 된장국…… 약간의 호사나 포만감을 느끼고 싶을 때 몇 방울 떨어뜨린다. 기름 몇 방울에 요리가 대변신을 한다.

의아하게 들리겠지만 올리브유는 일본 요리와도 무척 잘 어울린다.

예를 들어……

쌀겨절임에 한두 방울.

무즙에 한두 방울.

된장국에 한두 방울.

가다랑어포에 간장을 뿌리고 한두 방울.

이것만으로도 평상시 반찬이 손님 접대용으로 변한다.

인간의 도리를 위한
마지막 삼총사

이렇게 요리책 없이도 맛을 낼 수 있게 된 나. 그래도 역시 프로 셰프가 아닌 평범한 사람이 짊어져야 할 슬픔인지, 실제로 맛을 보면 '어? 뭔가 모자라는데?' 싶은 경우가 종종 있다.

하지만 애써 레시피 지옥에서 탈출했는데, 지금 와서 그 세계로 다시 돌아갈 수는 없다! 아니, 아마추어가 프로처럼 항상 간을 딱딱 맞출 필요는 없지 않은가.

맛있다는 것의 기준은 사실 사람에 따라 다르다. 같은 요리를 먹어도 맛이 밋밋하다고 느끼는 사람이 있는가 하면, 짙다고 느끼는 사람도 있다. 뿐만 아니다. 나 자신을 보더라도 몸 상태에 따라 맛이 강한 요리가 먹고 싶은 날이 있는가 하면, 밍밍한 맛, 혹은 신맛이 당기는 날이 있다.

이것이야말로, 아마추어의 요리가 압도적으로 유리한 부분이다. 나 좋을 대로, 맛을 낼 수 있다는 것.

며칠 전, 숙취 때문에 입맛이 전혀 없었다. 하지만 뭔가 따뜻한 음식을 먹어줘야겠다 싶어 된장으로 간을 한 토마토와 팽이버섯 수프를 만들었다. 토마토의 신맛이 그리웠기 때문이다. 간을 봤더니 맛은 있었지만 신맛이 부족해서 식초를 뿌렸다. 그 '토마토 식초 수프'를 후후 불며 먹는 동안, 어느덧 몸이 편안해지고 있음을 느꼈다.

이런 요리는 어떤 셰프라 해도 만들 수 없는 요리다. 내가 먹고 싶은 음식은 내가 가장 잘 알고, 오직 나만 만들 수 있기 때문이다.

세상의 모든 아마추어가 반드시 '간이 딱 맞는' 경지를 추구할 필요는 없는 것이 아닐까. 그날 자기가 먹고 싶은 맛의 요리를 직접 만드는 일이야말로, 우리가 나아가야 할 방향일지도 모른다. 그러기 위해서 조미료는 종류가 적은 편이 좋다. 손에 부치는 일은 혼란과 피로를 가져올 테니까.

하지만 손님이 오셨을 때는 아무리 집밥이라도 내 간에만 맞는 요리를 낼 수는 없다. 그럴 때에 대비해 마련해놓은 것이 있는데, 그것이 바로 '가다랑어포, 소금 다시마, 으깬 참깨', 이 삼총사다.

가다랑어포는 강력한 감칠맛을 낸다. 볶음이든 조림이든 국이든, 살짝만 넣어주면 어느새 감칠맛이 돌면서 웬만한 결점은 감춰준다.

소금 다시마. 이것 역시 감칠맛이 가득하고, 소금 맛이 또렷하다. 샐러드나 생채소 요리를 할 때 살짝 뿌리거나 함께 버무리면 맛을 보장할 수 있다.

그리고 으깬 참깨. 이것은 앞의 두 가지만큼 강렬한 위력을 발휘하지는 않지만, 독특한 풍미와 단맛이 있다. 솔솔 뿌려주면 왠지 꽤 맛있는 요리가 된다.

이 세 가지만 갖춰두면 조금쯤 실패를 하더라도 두려워할 필요가 전혀 없다. 아니, 반복하자면 요리에 실패란 없다. 전부 먹을 수 있는 재료로 만들었으니 어떻게든 먹을 수는 있다.

다만 연장선까지 끌고 가기만 하면 된다는 말이다. 맛을 보고 간이 덜 됐다 싶으면 아직 요리의 중간 단계라고 생각하면 된다. 소금 맛을 더하고, 그래도 안 되면 식초를 더하고, 그래도 정 안 되면 가다랑어포를 뿌린다. 나는 그렇게 매일매일 밥상을 만들며 '전승무패' 행진을 이어가고 있다.

7

만들 수 없는 걸
만들지 않을 자유

요리 도구 욕심을 버려요

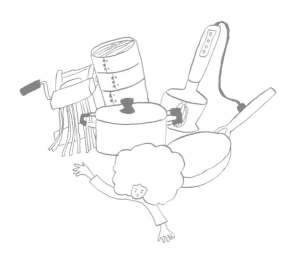

요리 도구를 좋아하세요?

요리와 뗄 수 없는 것이 요리 도구다.

그리고 요리를 좋아하는 사람은 대체로 '요리 도구를 좋아하는 사람'이기도 하다.

이것저것 만들어보고 싶고, 먹어보고 싶고, 좀 더 프로처럼 요리해보고 싶은 마음이 커지면 커질수록, 요리 도구는 점점 본격적으로 변하고 종류도 다양해지는 법이다.

자칭 요리를 좋아하는 나 역시 그랬다. 냄비 종류만 해도 얼마나 많았던지.

요리 도구는 대체 왜 그렇게 매력적인 걸까.

요리 도구들은 한 단계 위의 삶을 보여준다.

예를 들어 파스타 머신. 손잡이를 돌리면 파스타 생면이 줄줄 나오다니, 이것만 있으면 우리 집이 이탈리아 가정집으로 변신

할 거야. 잠시 그런 망상 속을 헤매게 한다.

게다가 요리책에 나오는 요리들이란 게 죄다 그 도구가 있어야 만들 수 있는 요리다. 믹서만 있으면 순식간에 근사한 수프나 소스 같은 것이 완성될 것 같다. 그걸 사지 않으면 빛바랜 인생을 사는 것 같아 초조해진다.

그러나 행인지 불행인지, 어느 날 나는 그런 꿈과는 전혀 무관한 인생을 살게 되었다.

회사를 그만두고 이사한 집 부엌이 너무 좁아, 요리 도구를 다 놓을 수 없었기 때문이다. 온갖 종류의 냄비와 볼, 믹서 등을 향해 가차없이 해고 통보를 해야 했다.

냄비 하나,
부엌칼 하나만 있으면

다음이 줄이고 줄여 남은 요리 도구다.

· 휴대용 가스버너
· 작은 스타우브 냄비
· 작은 더치 오븐
· 부엌칼 하나와 도마 하나
· 볼 하나와 소쿠리 하나

과감하기 짝이 없는 정리해고다!

각양각색의 냄비들은, 오래된 것은 처분하고 새것은 나눠주었다. 새것이나 다름없는 냄비가 많아 기뻐하는 사람들이 많았다. 한편, 텅 빈 부엌을 바라보고 있자니 불안이 밀려왔다. 사회에 첫발을 내딛어 혼자 살기 시작했을 때에도 내게는 두 배는 더 많은 냄비와 볼이 있었다.

괘, 괜찮을까?

그런데 의외로, 전혀, 아무 불편 없이 살고 있다…… 아니지,
다시 생각해보니 요리가 전보다 훨씬 편해졌잖아!

만들 수 없는 걸
만들지 않을 자유

이유는 간단하다. 있는 도구들로 만들 수 있는 것만 만들기 때문이다.

밥, 국, 채소절임 외에 기껏 해야 반찬 하나다. 냄비도 하나밖에 없고. 아니 우선, 불이 하나뿐이다. 그렇다면 '국 하나 반찬 하나'를 소리 높여 주장할 필요도 없이, 실제로 할 수 있는 게 그 정도뿐이다.

좀 더 구체적으로 말하면 한 개밖에 없는 불은 우선 '국'을 위해 써야 한다. 거창한 요리는 하려고 해도 할 수가 없다.

거의 에도시대 수준의 부엌이다. 냉장고와 전기밥솥, 전자레인지를 처분했고, 이사를 오면서 '3구 가스레인지'도 없앴다.

나는 더 만들지 않는 것에 아무런 죄책감을 느끼지 않는다.

하고 싶어도 할 수가 없으니까.

'오늘 뭘 만들지……' 고민할 필요가 없다.

와, 요리 참 쉽다!

밥, 국, 채소절임 말고는 만들어봐야 '반찬 하나'뿐인데, 그것조차 복잡한 요리는 할 수가 없다. 복잡한 요리를 하다 보면 된장국이 식어버릴 테니까.

제일 간단한 반찬은 고기나 생선 구이. 구워서 소금이나 간장을 뿌리면 끝이다. 원 재료의 감칠맛이 이미 강하기 때문에, 더 이상 하지 않아도 순식간에 반찬 하나가 완성된다.

채소 요리 역시 어렵게 생각할 게 없다.

볶든가.

조리든가.

생으로 먹든가.

셋 중에 하나를 선택하면 된다.

단호박을 예로 들어보자.

조릴 것인가.

볶을 것인가.

(생으로 먹기엔 좀 딱딱하니까, 이건 패스.)

둘 중 하나를 선택하면 된다.

조린다면 소금 맛으로 할지 간장 맛으로 할지 된장 맛으로 할지, 그것을 정한다.

볶는다면 마늘과 베이컨을 같이 볶아도 좋다. 소금과 후추를 뿌리면 끝이다. 카레가루를 뿌려도 맛있을 것이다.

대파도 마찬가지다.

볶을지, 조릴지, 샐러드로 할지 정한다.

볶는다면 적당한 크기로 썬다. 프라이팬에서 표면이 살짝 탈 때까지 볶고 식초와 간장을 뿌린다. 된장 맛도 어울릴 것이다.

조린다면 어슷 썰어, 적당히 자른 유부와 간장 맛으로 조리면 틀림없이 달콤하고 맛있을 것이다.

샐러드. 가늘게 썬 다음 물에 담가 매운맛을 뺀다. 참깨나 가다랑어포를 뿌리면 근사한 술안주가 될 것이다.

당근도 마찬가지.

볶을지, 조릴지, 샐러드로 할지 정한다.

두껍게 원통형으로 잘라 식용유를 둘러 볶은 당근은 정말 달콤하고 맛있다. 간장만 뿌려도 간은 충분하다.

물론 채 썰어 조려도 좋다. 얇게 원통형으로 잘라 간장 맛으로 조린 당근에서도 소박한 맛이 난다.

당근 샐러드는 정말 세련된 반찬이다. 채 썰어 소금을 뿌려 버무린 다음 오일과 식초를 뿌려 먹으면 된다. 건포도 같은 걸 넣어도 느낌이 달라진다. 밥반찬으로도, 술안주로도 좋다.

양상추도 마찬가지다.

볶을지, 끓일지, 샐러드로 할지 정한다.

채 썬 다음 밥과 섞어 볶으면 양상추 볶음밥이다. 양상추만 크게 손으로 잘라 마늘과 새우가루를 넣어 볶아도 맛있다.

그리고 양상추는 끓여도 좋다. 양상추 수프는 더운 여름날 저녁밥으로 더할 나위 없는 요리다. 마늘과 오일로 악센트를 주면 금상첨화.

샐러드는 말할 것도 없다. 나는 양상추 샐러드에 김을 잘라 넣는 것을 좋아한다.

무도 마찬가지다.

볶을지, 조릴지, 샐러드로 할지, 무즙으로 할지 정한다.

……늘 이런 식이다.

내 식성대로 길게 늘어놓고 말았지만 뭐든 시도해보자. 대체로 맛이 있을 것이다. 그리고 어려울 게 하나도 없다.

매일이 축제라면

내가 가진 도구들로는 '탄자니아식 오크라 완자' '시베리아식 물만두' '자바식 닭꼬치' '한국식 채소볶음' '페르시아식 시금치 오믈렛' 등의 진수성찬을 차려놓고 손님을 대접할 수는 없을 것이다.

그러나 매일 먹는 밥에 그런 진수성찬을 차려내지 못한다고 해서 질투를 하거나 열등감에 빠질 필요는 전혀 없다.

인생에는 특별한 것과 평범한 것이 모두 필요하다.

단순한 일상만으로는 삶의 '응어리' 같은 것이 쌓일 수 있다. 잔치나 축제를 통해 그것을 가끔씩 폭발시켜야만 재충전을 할 수 있다.

한마디로 균형 감각, 온오프가 중요하다는 뜻이다. 일상만 계속되어도 힘들고, 축제만 계속되어도 마찬가지로 힘이 든다.

나는 지금껏 '매일이 축제'인 삶이 멋진 삶이라고 믿었다.

매일이 축제라면 얼마나 즐거울까, 그렇게 생각했던 것이다.
하지만 곰곰이 생각해보면 그런 인생은 정말 피곤할 것이다!
아니, 매일이 축제라면 그건 더 이상 축제가 아니다. 그저 불안
정한 일상의 연속일 뿐.

평범한 게 뭐가 어때서!

재료와 맛과 조리법이 단순해진 만큼 오히려 정성 들여 씹으
며 본연의 맛을 열심히 찾게 된다.

단호박의 단맛. 파의 달콤 쌉싸래한 맛. 피망의 달콤 쌉싸름
한 맛.

복잡한 요리를 만들던 시절에는 거의 모르고 지냈던, 아니 알
려고도 하지 않았던 맛이다.

랩도 밀폐용기도 없는
인생이라니

이런 인생은 예상치 못했다. 하지만 다시 생각해보면 필요 없
는 게 당연하다.

수많은 식재료. 수많은 조미료. 수많은 과정들.

지금까지는 그런 것들을 자유자재로 사용할 수 있는 사람이
'요리를 잘하는 사람'이라고 여겨왔다. 그런 능력이 있다면 요
리 고수임에는 틀림없을 것이다.

하지만 반드시 그런 능력이 있어야 풍요로운 삶을 살 수 있
는 것일까?

모두가 셰프가 될 필요는 없다.

요리는 가급적 단순하게, 시간을 들이지 않고, 비슷비슷한 음
식을 매일 먹는다.

나는 어느덧 그것이 가장 편안하다는 것을 느낀다.

나의 마지막 도구들

사람마다 자신에게 맞는 물건이 있다.

풍성한 삶이란, 보다 많은 것, 보다 비싼 것을 갖는 삶이 아니다. 쓸 수 있을 만큼 갖추고, 그것들의 장점을 충분히 살려가며 '더불어' 사는 삶이다.

내 부엌에 남은 나의 '정예부대'는 이제 내 삶의 파트너라고 해도 과언이 아니다. 값나가는 도구도 있지만 매일매일 사용하기 때문에 제값을 못한다는 생각은 해본 적이 없다. 이 녀석들은 아마 내가 죽을 때까지 내 곁을 지켜줄 것이다.

작은 스타우브 냄비
비싼 프랑스제 주물 냄비다.
하지만 이 냄비가 멋진 이유는 외관 때문만이 아니다.
이것 하나로 모든 요리를 할 수 있기 때문이다.

삶고 굽고 볶고 튀기고 찌고, 무엇이든 할 수 있다!

그래서 나는 이 작은 냄비 하나로 거의 모든 요리를 한다.

마치 우리 집 같은 협소 부엌을 위해 만들어진 냄비 같다. 밥을 하고 수프와 죽을 끓이고 튀김을 만들고 채소를 볶고 찌고, 이 냄비 하나로 문제없이 먹고 살아갈 수 있다. 내 인생에 없어서는 안 될 파트너다.

다른 냄비를 사고 싶다는 생각은 전혀 들지 않는다. 그 어떤 광고가 나를 유혹해도, 인기 있는 요리 연구가가 자신이 애용하는 냄비를 권해도, 내 마음은 털끝만큼도 흔들리지 않는다. 나는 앞으로 남은 인생, 그를 소중히 여기며 살아갈 것이다.

인생이란 참 심플하다. 살아가는 데 필요한 건 그다지 많지 않다, 하는 생각만으로도 충분히 인생이 가벼워진다.

밥하기

흰쌀밥은 물론 딱딱한 현미밥까지도 시간을 들이면 맛있게 지을 수 있다. 뚜껑이 무거워 자연히 압력이 가해진다. 압력솥만큼은 아니지만 '인생에 필요 이상의 압력은 필요가 없다'. 그렇게까지 찰진 밥이 아니어도 충분히 맛이 있다.

끓이기

냄비가 두꺼워 보온성이 좋기 때문에 종종 보온 요리를 한다. 일단 끓인 다음 불을 끄고 그대로 냄비 모자로 싸두면 천천히 익으면서 부드럽게 맛이 스며든다. 맛과 효율, 두 마리 토끼를 잡을 수 있다. 굉장하다!

튀기기

최대 특징. 소량의 기름으로 뚜껑을 덮어 튀긴다. 튀기는 소리가 진동을 해서 무섭기는 하지만 꾹 참아야 한다. 소리가 잦아들 때 뚜껑을 열어 뒤집고, 이번에는 뚜껑을 연 채로 1분쯤 가만히 둔다. 기름 낭비도 없고, 밖으로 튀지도 않는다. 튀김 요리를 싫어하는 온갖 이유를 피할 수 있다.

볶기

볶는다기보다 '오일조림' 혹은 '오일찜'에 가깝다. 손질한 채소를 냄비에 담고 기름과 소금을 넣어 뒤적인 다음 뚜껑을 덮어 불을 켠다. 그뿐이다. 어떤 채소든 반찬 하나를 뚝딱 만들어 낼 수 있다. 채소의 맛을 살릴 수 있는 심플한 조리법이다.

찌기

볶는 과정에 기름 대신 물을 넣으면 된다. 자른 채소를 소량의 물, 소금과 함께 냄비에 넣어 뚜껑을 덮고 가열한다. 볶음보다 맛이 깔끔하다. 쓸데없이 많은 물을 넣지 않기 때문에 채소 맛이 무척 진하다. 폰즈, 참깨 간장, 참깨 된장, 무엇이든 좋아하는 맛으로 간을 한다. 군만두나 샤오마이 같은 딤섬을 찔 때는 밑에 시트를 깔면 들러붙지 않는다.

작은 더치 오븐

스타우브 냄비에도 단점은 있다.

법랑제인 탓에 아무것도 넣지 않고 가열하면 금이 간다는 것. 그래서 표면을 약간 태워야 하는 요리에는 맞지 않는다.

그 결점을 보완해주는 것이 바로 이 난부철기 제품인 더치 오븐이다.

여기엔 빵도 구울 수가 있다. 안이 말랑말랑, 그 어떤 토스트기보다 맛있는 것 같다. 말린 생선도 맛있게 구워진다.

그리고 군고구마! 이건 정말 최고다. 소금을 뿌리고 뚜껑을 덮어 약 불로 천천히 굽는다. 물을 따로 붓지 않기 때문에 물컹물컹한 맛이 전혀 없다. 고구마든 감자든 마든 토란이든, 이것 하나로 진미를 만들 수 있다.

냄비 모자

말 그대로 냄비를 감싸는 모자다. 퀼트 제품도 팔지만 내 것은 솜씨 좋은 친구가 맞춤하게 만들어주었다. 방석까지 있다.

냄비 모자는 냄비에 필적하는 도구다.

천천히 가열하고 싶은 조림을 만들 때, 아침에 미리 재료를 준비해 냄비에 넣고 한소끔 끓인 후, 이 모자를 씌워둔다. 그러면 점심이나 저녁때쯤 맛있는 조림이 완성된다.

가스불이 하나밖에 없어 '시간'이라는 자원을 활용한 것이다. 이 방법에 맛을 들이면서 나는 매끼 식사 준비에 들이는 시간이 크게 줄었다. '10분 요리'에는 이 냄비 모자가 혁혁한 공을 세운다.

부엌 가위

부엌칼 하나만 있으면 충분하다고 했지만, 실은 최근에는 '부엌 가위'로 바꾸고 싶은 마음이다.

부엌칼의 결점은 도마를 써야 한다는 점이다. 설거지감이 늘어난다. 그래서 가위를 써봤더니 너무 편했다.

예를 들어 된장국 위에 쪽파를 조금 뿌릴 때. 그릇에 담은 된장국 위에 쪽파를 가위질해서 넣는다.

예를 들어 쌀겨절임을 조금만 먹고 싶을 때. 쌀겨된장에서 오이나 당근을 꺼내 씻고 가위로 썰어 놓는다.

두부 가게에서 사 온 유부를 된장국에 넣을 때도 냄비 위에서 가위로 싹둑싹둑……

하다 보니 대충 다 가위로 자를 수 있다는 것을 깨달았다. 가위를 쓰면 '파를 넣고 싶은데 성가시니까 관두자' '쌀겨절임을 조금 먹고 싶은데 관두자' 하는 일이 없어진다. 결과적으로 항상 제대로 된 밥을 먹게 된다.

이러다 보니 부엌칼 쓸 일이 점점 더 줄어들게 되었다. 그렇게 잘게 썰어야 할 필요가 있을까, 잘 씹으면 되잖아, 그런 생각까지 하게 되었다.

다만 양파는 금물이다! 양파를 가위로 잘랐다가는 질질 짜다 못해 대성통곡을 하게 될 테니……

나무 스푼

혼자 살기 시작했을 때, 언니가 국자, 주걱, 거품기 세트를 선물해주었다. 어머니는 스푼, 포크, 나이프를 선물하셨다. 이런게 있으면 혼자 살아도 제대로 된 생활을 할 수 있겠구나, 그런 생각에 마음이 든든했다.

하지만 작은 집으로 이사하면서 그것들도 모두 처분했다. 마음이 아프기는 했지만 30년 가까이 썼으니 용서해주시기를.

대신에 작은 나무 스푼 하나를 샀다.

지금은 요리할 때도 밥을 먹을 때도 이 스푼을 쓴다. 이것 하나만 있으면 무엇이든 만들어 먹을 수 있다. 꽤 쓸 만하다.

작은 냄비를 뒤적일 때에도 이것으로 충분하다. 딱딱 부딪치는 소리가 나지 않아서 좋다. 쓱싹쓱싹 씻은 다음, 먹을 때도 사용한다. 입에 닿는 감촉이 부드러워 기분이 좋다.

'상식적'으로는 식사 예절에 어긋나 보일지도 모르겠다.

그러나 "이게 없으면 안 돼" "이게 있으면 편해" "이게 있으면 더 나은 삶을 살 수 있어" 하는 말에는 지쳤다. 그래서 우리는 정말로 행복해졌을까?

이 스푼은 내게 '혁명' 같은 것이다.

내게 무엇이 필요한지 결정하는 것은 바로 나 자신이다.

8

최고의 10분 밥상

스스로 먹고 살기

결국 누가 만들 건데?

며칠 전 신문에 이런 기사가 났다.

일하는 엄마들의 고민과, 그들을 응원하는 사람들에 대한 기사였다. 그 기사는 일하는 엄마들의 고초를 훌륭하게 대변해주고 있었다.

"문제는 롤 모델이 없다는 것이다."

"잡지에 실리는 사람들은 너무 완벽해서 참고가 안 된다."

"가족이 먹을 음식이라고 배달 시켜 먹는 게 나쁠 건 없다. 그래도 된다는 말 하나로 위안을 받을 사람이 많을 것이다."

내게는 같이 사는 가족이 없지만 수긍할 수 있었다.

주위의 많은 사람들이 '먹는 것' 때문에 괴로워한다. 아니, 정확히 말하자면 '만드는 것' 때문이다.

먹는 것은 즐거운 일이다. 누군들 맛있는 음식을 먹고 싶어 하지 않을까. 그러나 맛있는 음식을 만든다는 건 힘든 일이다.

맛있는 음식을 먹고 싶은 마음이 크면 클수록, 그런 것을 만드는 것은 '어려운 일'이 되어 우리를 짓누른다.

대체 누가 요리를 할 것인가?

직장 일을 하면서 (대부분 여자들이!) 매일 가족을 위해 정성을 다해 식사를 준비하는 데는 엄청난 수고가 필요하다.

좀 편하게 배달 음식을 시켜 먹는 게 뭐가 어때서? 나도 정말 힘들거든? 죽도록 일하고 녹초가 돼서 집에 들어왔는데, 가족 모두가 행복해지는 그런 멋진 밥상을 나보고 차리라고? 그것도 매일? 아아, 그런 일을 어떻게 해. 슈퍼우먼도 아니고…… 그 마음, 정말이지 이해가 간다. 화가 치미는 것도 당연하다.

하지만 그런 생각이 든다.

세상엔 양자택일밖에 없는 걸까.

어머니가 손수 차린 굉장한 밥상이냐.

아니면 배달 음식이냐.

제3의 길을 선택하면 안 되는 걸까?

잡지에서 소개하는 '유능한 주부의 멋진 밥상' 같은 요리가

아니어도 좋다면? 쉽게 만들 수 있고 돈도 들지 않고, 고정 메
뉴라서 고민할 시간도 필요 없고, 맛있기까지 하다면? 소중한
돈을 들여가며 배달 음식을 시키지 않더라도 그런 밥을 매일
먹을 수 있다면 어떨까?

물론 무엇을 선택하든 개인의 자유다.

하지만 그런 선택지도 있다.

아니, 솔직하게 말하자.

나는 이렇게 말하고 싶다.

자기가 먹을 밥은 자기가 만들자.

그것이 자유를 위한 길이다.

당신은 그 자유를 포기해서는 안 된다.

남자도 묵묵히
된장을 풀어라

◎

이 책이 '요리는 여자가 하는 것'임을 전제하고 있다고 오해
하지 마시길.

'여자는 묵묵히 된장을 물에 푼다'고 쓰기는 했다.

하지만 여기서 말하는 '여자'란 나를 가리킬 뿐이다.

독신인 내가 그런 생활을 하고 있음을 밝힌 것일 뿐, '여자는
묵묵히 가족의 밥상을 책임져야 한다'는 말을 하고 싶은 게 아
니다.

'남자도 묵묵히 된장을 풀어야 한다'고 나는 생각한다.

어른뿐만이 아니다. 아이들도 어느 정도 나이가 되면 묵묵히
된장을 풀어야 한다고 생각한다.

매일이 아니어도 좋다. 하지만 자기 힘으로, 자신의 밥상을
차려낼 수 있어야 한다.

우리는 지금 십 년 후의 일은 아무도 상상할 수 없는 시대를 살고 있다. 편한 방향으로 나아갈 것 같은 확신도 없다. 연금이 보장되는 것도 아니다. 회사가 어떻게 될지도 모르고, 세계정세도 암울한 양상을 띠고 있다.

욕심을 크게 부리는 것도 아니다. 다만 인생이 끝날 때까지, 끔찍한 일만 벌어지지 않았으면 하고 바랄 뿐인데 그런 소소한 바람에 대해서조차 아무런 장담도 할 수가 없다.

하지만 결국, 모두가 불안한 까닭은 자신이 없기 때문이 아닐까. 자신이 무력하다고 느끼고 있기 때문이 아닐까.

아니, 당신은 무력하지 않다.

요리만 할 수 있다면.

유사시에 아주 적은 돈으로 스스로를 기분 좋게 먹여 살릴 수만 있다면.

그럴 수만 있다면 회사에서 해고를 당해도 두려울 것이 없다. 어떤 천재지변이 닥쳐도, 파산을 하여 궁지에 내몰려도, 모두에게 버림을 받아 혼자가 되어도 앞을 향해 살아갈 수 있다.

그 힘을 포기해서는 안 된다.

나의 10분 요리

◎

　하지만 세상에는 요리하기 싫어하는 사람들이 넘쳐난다. 왜일까? 편하고 싶어서? 귀찮은 일은 남에게 떠넘기고 싶어서? 정말 그뿐일까?

　지나치게 낙관적일 수도 있지만, 내 생각으론 요리를 하지 않는 사람들 대부분의 마음속에는 '요리를 할 줄 알면 좋을 텐데' '요리를 잘하는 사람이 부러워' 하는 동경심이 숨어 있다. 막상 자신이 해야 할 때 시작할 용기가 나지 않을 뿐이다.

　그건 결국 '요리는 어렵다' '힘들다' '시간이 많이 걸린다'고 오해하기 때문이 아닐까. '맛있는 음식을 만드는 건 어렵고 힘들고 시간이 많이 걸리는 일'이라고 생각하기 때문이 아닐까.

　아니라는 것을 증명하기 위해 나의 '10분 요리'를 소개하려고 한다.

① 집에 들어온다.

② 물을 끓인다.

③ 된장국 건더기와 된장을 국그릇에 넣는다.

④ 쌀겨된장에서 채소를 꺼내 자른다.

⑤ 물이 끓으면 그릇에 붓는다.

⑥ 나무 밥통에서 밥을 푼다.

⑦ "잘 먹겠습니다!"

이게 기본이다.

10분은커녕 5분도 걸리지 않는다.

이것만으로도 충분하기는 하지만 아직 5분이 더 남았다. 그러니 반찬 하나를 더 만들지 말지 생각해볼 여지가 있다. (물론 만들지 않아도 좋다.)

'5분 요리'에는 두 가지 방법이 있다.

즉석에서 만든다

볶음, 구이, 이것부터 하자. 쉽고 빠르다. 틀림없다.

고기나 생선이면 아주 빠르다. 소금을 뿌려 굽는다. 끝. 나머지는 먹을 때 폰즈나 다른 좋아하는 맛으로 간을 하면 된다. 더욱 간단한 것은 말린 생선. 이것 역시 굽기만 하면 된다.

채소는 조금 시간이 걸린다. 그래서 채소인 경우 포인트는 채소를 말려둘 것. 예를 들어 튀김두부와 양배추를 된장 맛으로 볶을 땐, 아침에 집을 나설 때 양배추를 미리 잘라 햇빛이 드는 베란다 소쿠리에 올려둔다.

그러면 집에 돌아올 때쯤 양배추가 시들시들 말라 있다.

여러 번 말하지만 말라비틀어진 것이 결코 아니다! 고맙게도 해님께서 묵묵히 중간 단계까지 요리를 해주신 것이다.

여기까지 해두면 볶음은 순식간에 완성된다. 기름을 두른 프라이팬에 튀김두부와 말린 양배추를 넣고 된장과 술을 넣어 휙 섞으면 몇 분 만에 완성이다.

물론 채소는 뭐든 좋다. 양파, 파, 배추, 가지, 피망, 버섯, 노란강낭콩, 뭐든 이 방법으로 짧은 시간에 척척 볶음 요리를 완성할 수 있다. 시간이 단축될 뿐 아니라 물기가 자박자박 남지도 않고 맛도 진해져 무척 맛있는 볶음이 된다.

둥근 채소도 이 방법을 응용할 수 있다.

호박, 마 같은 것을 구워 먹고 싶을 땐, 슬라이스해서 미리 말려둔다. 그것을 프라이팬에서 굽고 소금이나 간장, 된장으로 간을 하면 짧은 시간에 먹음직한 채소 구이가 만들어진다. 된장을 바르거나 폰즈를 뿌려도 좋다.

준비는 미리미리

조림처럼 시간을 들여 만드는 음식이 먹고 싶을 때의 방법.

이런 요리를 끼니때마다 만들려면 시간이 오래 걸려 부담스럽다. 요리가 싫어지는 게 당연하다.

그래서 낮 동안 회사나 학교에 가야 하는 사람이라면 아침에 집을 나서기 전 냄비에 재료를 넣고 한소끔 끓인 다음 수건 같은 것으로 싸둔다. 돌아왔을 즈음이면 재료에 맛이 천천히 스며들면서 거의 완성된 것이나 다름없는 상태가 된다.

필요에 따라 더 끓이거나 간을 하면 된다.

다시 말해 '시간'이라는 자원을 활용하는 것이다.

다음은 응용 버전. 국물을 메인으로 먹고 싶을 때에도 미리 준비해두면 무척 편하다.

준비라고 해봐야 그리 대단한 것이 아니다. 아침에 남은 채소와 고기나 생선을 적당히 잘라서 냄비에 넣고 물을 부어 뚜껑을 덮은 다음 한소끔 끓인다. 역시 두꺼운 천으로 싸둔다.

집에 돌아왔을 즈음이면 재료가 부드러워져 있을 테니, 다시한 번 끓여 간을 하면 건더기 많은 수프가 금세 완성된다.

잘 구운 빵과 와인을 곁들이면 근사한 밥상이 차려진다.

꿀팁

여름 밥상에는 불을 쓰지 않는 요리도 먹을 만하다. 자르기만 하면 끝이니까!

내가 자주 하는 요리는 쌀겨절임을 이용한 요리들.

샐러드 응용편이라고 할까.

쌀겨절임을 적당히 잘라 그대로 먹을 수 있는 채소(양상추, 토마토, 피망, 무순 등)와 섞어 올리브유와 폰즈를 뿌려 먹는다. 여기에 삶은 소바나 소면을 넣으면 식욕이 없어서 밥이 부담스러울 때, 무척 산뜻한 식사가 된다.

그리고 이 '쌀겨절임 + α'를 응용하면 꽤 세련된 술안주를 만들어낼 수 있다.

쌀겨절임 & 치즈.

쌀겨절임 & 올리브유.

쌀겨절임 & 고추기름.

검은깨를 뿌리면 보기에 더욱 그럴싸해진다.

꼭 쌀겨절임이 아니더라도 발효식품과 생채소의 조합은 최고의 여름 술안주가 된다.

셀러리, 순무, 무, 당근, 오이, 피망, 방울토마토처럼 익히지 않고 먹을 수 있는 채소에 된장이나 치즈를 곁들이면 좋다. 꼭 마요네즈를 곁들일 필요가 없다는 말이다.

그리고 소금을 넣어 버무리는 요리가 있다.

채소를 채 썰어 소금을 넣어 버무린다. 그대로 먹어도 좋고 오일이나 식초를 뿌려도 좋다.

소금 대신 '소금 다시마'를 넣는 것도 방법이다. 채 썬 배추에 소금 다시마를 넣어 버무리면 숨이 죽어 굉장히 많은 양의 배추를 먹을 수 있다. 올리브유나 으깬 참깨를 뿌리면 정말 맛있다.

자립이란
'스스로 먹고 살아가는 것'

이 정도 요리라면, 나이나 성별에 상관없이 자기가 먹을 음식은 자기가 만들 수 있지 않을까.

자립한다는 것. 자신의 발로 선다는 것.
그것은 힘들지만, 누구나 동경하는 일임에 틀림없다.
무슨 일이 생겨도 어떻게든 살아갈 수 있다.
내 힘으로 어떻게든 살아갈 수 있다.
그것이야말로 자유고, 그것이야말로 멋있는 일이다.

자립이란 결국 내 힘으로 먹고 사는 일이다.
그리고 그 힘은 우리 안에 잠재되어 있다.
그 힘을 내버려서는 안 된다.

그러니까, 모두 요리합시다.

다시, 자유

먹는 것을 좋아하지 않는 사람은 없다. 이 혼란스러운 세상에서, 음식은 사상과 종교와 성별을 초월하는 거의 유일하게 평화로운 세계였다.

그러나 요즈음 '먹는 일'을 둘러싸고 벌어지는 일들을 보고 있으면, 왠지 평화와는 거리가 멀게 느껴진다.

요리를 둘러싼 세계는 양극단으로 치닫는 중이다.

하나는 요리를 보여주는 세계.

인터넷 세상에 넘쳐나는 정보들, "저, 이렇게 멋진 요리를 만들었어요!"

그래 봐야 소소한 화젯거리이고, 누구 하나 악의가 있는 것은 아니다. 맛있게 보이는 요리를 정성 들여 만들었으니 누구에게든 보이고 싶은 마음이 들 것이다.

하지만 그것이 '정보'의 형태가 되는 순간, 발신자가 생각지도 못한 곳에서 그 정보는 조용히 괴물처럼 변해간다.

'저 사람은 저렇게 굉장한 요리를 만드는데. 이 사람도, 저기 저 사람도…… 좋겠다. 정말 다들 대단해. 그런데 난 이게 뭐야. 난 쓸모없는 사람인 걸까.'

처음엔 본인조차 의식하지 못할 만큼 아주 미미한 감정에 지나지 않겠지만, 매일 그런 '정보'에 노출되다 보면 작은 비참함이 점점 커져간다. 모든 사람이 자신의 삶을 공개해 보여주는 SNS는 사람과 사람을 이어주기도 하지만, 사람 사이의 중압감을 조용히 확산시키는 매개가 되기도 한다.

이제 다들 열심히 뛰기 시작한다.

아무리 바빠도, 아무리 피곤해도, 아무리 시간이 없어도, 고급 음식점에서나 먹을 수 있는 복잡한 요리를 한상 가득 차리려 기를 쓴다. 얼마나 시간을 들였는지 알 수 없는 캐릭터 도시락에 도전하는 사람까지 등장한다.

밥은 매일 먹어야 한다. 요리는 매일 해야 하는 일이다. 하루 열심히 하고 끝내버릴 일이 아니다. 오늘도, 내일도, 그다음 날도 우리는 계속 먹고 살아야 한다.

요리가 취미인 사람에게는 즐거운 일일지도 모른다.

하지만 그렇지 않은 사람에게는 지옥이 아니고 무얼까.

당연히 '도저히 못 쫓아가겠어!' 하고 반란의 깃발을 펄럭이는 사람들이 등장한다. 요리 따위 하고 싶지 않다는 사람들.

나는 그 어느 쪽도 아닌, 제3의 길에 대해 말하고 싶었다.

앞서도 말했지만, 내가 회사를 그만두고 자유의 몸이 될 수 있었던 것은 저축한 돈이 있어서도, 특별한 재능이 있어서도 아니다.

그것은 요리를 할 수 있었기 때문이다.

반짝반짝 빛나는 요리가 아니었다.

간단하고 소박하고 누구나 만들 수 있는 늘 똑같은 요리.

나는 그걸 맛있게 여기는 나 자신을 발견했다.

태어나서 처음으로 '내가 정말 맛있다고 생각하는 요리'를 발견한 것이다. 그것은 미지의 요리책에 실린 특별한 요리가 아니었다. 어딘가에 사는 누군가가 권해준 요리가 아니었다. 예약을 해야 먹을 수 있는 레스토랑의 특별 메뉴가 아니었다.

내가 직접, 아주 쉽게 만들어낼 수 있는 요리였다.

그걸 깨달았을 때, 나는 알게 되었다. 나는 행복해지기 위해 필요한 것들을 이미 다 갖고 있다는 것을.

요리에는 무한한 자유가 있다.

편의점에서 돈을 내고 살 자유? 자유는 그런 것이 아니다.

편의점에서 파는 것은 '대다수가 일반적으로 좋아할 만한 것'이다. 매일 먹다 보면 당신은 자기가 무엇을 좋아하는지 알 수 없게 될 것이다. '대다수가 일반적으로 좋아할 만한 것'은 좋아하게 될지도 모른다. 아니면 '대다수가 일반적으로 좋아하는 맛'에 어쩔 수 없이 익숙해지거나.

지옥은 아닐지라도 철창은 분명하다. 자신을 철창 안에 가두어선 안 된다.

우리는 우리가 좋아하는 음식을 스스로 만들어 먹을 수 있다.

그것은 특별한 기술이나 능력이 필요한 일이 아니다. 아무에게 의존하지 않아도 된다. 아무에게 불평하지 않아도 된다.

요리는 자유를 향한 문이다.

스스로 자신의 인생을 살아가고자 한다면, 모두가 자신을 위해 밥을 지어야 한다.

남자든 여자든 아이든, 스스로 요리할 힘을 잃어서는 안 된다.

그것은 자유를 내팽개치는 행위다.

옮긴이 **김미형**

전문번역가. 제주대학교 일어일문학과 졸업. 일본 주오대학에서 석사학위와 박사학위를 받았다.
『곧, 주말』『벚꽃이 피었다』『퇴사하겠습니다』『그리고 생활은 계속된다』등을 우리말로 옮겼다.

먹고 산다는 것에 대하여

1판 1쇄   2018년 6월 28일
1판 4쇄   2023년 8월 18일

지은이   이나가키 에미코
옮긴이   김미형
펴낸이   김이선
편집   김이선
디자인   김수진
마케팅   김상만

펴낸곳   (주)엘리
출판등록   2019년 12월 16일 (제2019-000325호)
주소   04043 서울시 마포구 양화로 12길 16-9(서교동 북앤빌딩)
✉   ellelit@naver.com
🐦📷   ellelit2020
전화   (편집) 02 3144 3802 (마케팅) 02 6949 1339
팩스   02 3144 3121

ISBN   978-89-5605-974-7 03830